SOLITAIRE SECOND, OV PROSE DE LA MVSIQVE.

A LION,
PAR IAN DE TOVRNES.

M. D. LV.

Auec Priuilege du Roy.

SOLITUDO MIHI PROVINCIA EST.
P. D. T.
EN SON AN
31

En grace de si docte Solitaire
M. SC.

Qu'a pù juger Egypte, des arts mere,
De Grece, lors qu'au fort de son honneur
A Themistocle amoindrit ce bon heur,
Dont Alexandre auantagea Homere?
N'ignorant l'Ame auec les Cieus conmere
De l'union de l'harmonial Chœur,
Ha pù sentir se soulager le cœur,
Uoire & rauir hors sa cure ephimere.
Mais plus ha fait ce gentil Solitaire,
N'ayant voulu, comme il pouuoit, nous taire
Sa Musicale & docte solitude:
Puis que par lui aus nombres de Porphire
A l'Esprit doit en ses trauaus sufire
Gouter l'acord de sa beatitude.

A PASITHEE.

SI d'une diligente ſolicitude j'ay quelquefois ſatisfet à votre ſtudieus deſir: j'eſpere que ma continuacion preſente, ne rencontrera moins de gracieuſe faueur aupres de votre gentil eſprit, autant ami des Mathemates, diſciplines liberales, & lettres plus humeines, qu'en ſont ennemis certeins groſſiers farineus, ignorans qu'elles ſeruent d'eſcalier, pour monter au ſaint palais de Filozofie, &, qu'encores qu'elles ſoient apriſes loin de ce reſpet, ſi en eſt le fondement de tant ſolide dinité, que ſur lui ſeul s'apuie celle Raiſon (vraye Raiſon) qui, acompagnee de certeines demonſtracions, & preuues inuincibles, ne peut jamais eſtre ébranlee. Mais qu'ay je à conteſter auec eus, pour vous ennuier de ſi friuole controuerſe? Il me ſufit, Paſithee, & ſuis trop heureus, ſi vous connoiſſez (receuant agreablement ce mien vœu, rendu à l'acompliſſement de voz perfeccions) combien il me plait, & quelle religion je faiz d'obeïr à vos commandemens.

AMOVR IMMORTELLE.

SOLITAIRE SECOND, OV PROSE DE LA MVSIQVE.

E ne me retire jamais dedens mes plus ſolitaires penſees, ſans, entre autres choſes, emerueiller le deſir plus commun, mais plus afeccionné, des hommes, qui eſt, de viure longuement: Et toutefois, de tous ſes deſireus, ſe trouuer bien petit nõbre qui recherche le vrey moyen de s'alonger une vie, vreyement vie: Le reſte n'eſtendant la diligence de ſe conſeruer, plus loin qu'à ce qu'un profeſſeur de Medecine lui aura preſcrit & ordonné, pour faire, ſous la ſeule cure du corps, trainer une vie à l'Ame la plus vilement ſerue que lon pourroit imaginer: d'ou il ſembleroit que la partie plus vitale de nous fut cete chair & materielle maſſe. Mais de ceus qui s'eſtudient le plus curieuſement à eſtançonner le corps par tel labeur, l'indiſpoſi-

Auant propos

Curioſité de viure.

cion acoutumee fait ſine, qu'un tel chemin n'eſt au vrey le plus ſeur: Et cela me ſemble eſtre ſufiſant, pour aus plus groſsiers aprendre, que de meilleur lieu depend la continuacion de notre vie. Si les anciens Filozofes l'ont ainſi crù, leurs eſcrits tous ſemez de tels diſcours le temoignent: mais plus apert la verité par la continuelle ſanté conduiſant leurs vies juſques aus bornes du plus grand climactere, ſi la fortune (ineuitable à tout ce que la Lune enclot) ou la tyrannie des Princes & Magiſtrats, ou la lacheté de quelques particuliers haineus n'ont coupé le chemin. Dequoy, ſi ce lieu le requeroit, j'alleguerois autres exemples que de Platon & d'Ariſtote, deſquelz cetui acomplit le neuuieme ſeptenaire, & celui paruint juſques au grand climactere de neuf. Mais les hiſtoires enrichies de telles admirables vies ſont aſſez connues, comme encores l'opinion de la plus ſainte ſecte, ſoutenant, que par une certeine proporcion de l'Ame, unie à ſes puiſſances eſparſes, & de ſes puiſſances, au corps: naiſt une conſonance entre le corps & l'Ame, moyennant laquelle toutes choſes lui ſuccedent proſperément: Ioint que la prudence moderant les mouuemens de l'Ame & du corps, promet à l'un & à l'autre une continuelle ſanté, & au corps une bien longue vie. Diuerſes ſur ce point ont eſté les opinions, bien que tendantes à une meſme fin. Les uns ont apelé à leur ayde les carmes de Magie, par leſquelz les Platoniques entendent la louenge chantee à Dieu, duquel la connoiſſance eſlieue l'entendement humein en une merueilleuſe tranquilité: les autres ont crù que les raiſons Filozofiques (comme il eſt vrey) aportent à l'Ame une tranquilité (j'apelle ainſi ce qu'ils nomment temperance des emocions) & au corps une ſanté de longue continuacion. De ceus ci eſt nee celle fameuſe opinion de l'enchantemēt de l'Ame, tendant à la purificacion d'icelle & à la ſanté du corps: comme ſemblant

Ariſtote ha veſcu 63 ans: & Platon 81.

Vrey moyen de prolōger ſa vie.

Tranquilité d'eſprit.

Enchantemēt de l'Ame.

blant necessaire que la temperance ou intemperãce de l'Ame, communique au corps la santé ou la maladie. Vreyment, telle façon de prolonger la vie ne peut estre que louable, & plus certeine que l'inclinee au corporel : comme encores par son moyen seroit reduit en efet le souhait plus commun, par lequel chacun se desire la jeunesse, la beauté, & la noblesse. Lon treuue entre les maladies une sorte d'intemperie & indisposicion corporelle, nommee Maransis ou Marasmos, qui fait aparoitre la vieillesse en la jeune personne, tant par les rides & le teint de la face, que par le blanchissement des cheueus, & par la debilité de tous membres : accident qui suruient des melancoliques emocions intemperees tant en la complexion qu'en l'humeur. Au contraire il peut auenir que celui duquel l'Ame est tranquile, & duquel les passions, afeccions, & emocions sont reduites en bonne temperance, duquel les humeurs sont entretenues en une balancee temperature sans exces, continuera sa vie jusques aus derniers ans, en tant vigoureuse santé, que la fin suruiendra plustot par l'humeine necessité, que par ocasion que la naturelle raison puisse prouuer. Que ne tend donq ce desireus de perpetuelle jeunesse (qui n'a, croy je, rien plus commode que la santé) à cete voye pour y paruenir par efet, sans se repaitre en la passion d'un vain desir : car de la corporelle beauté le temperé (non plus que de la richesse vouloit Socrate) n'en peut auoir qu'assez : aspirant plus à l'aquest d'une intellectuelle & eternelle beauté, qu'à cete perissable fleur qui se fene sans fruit. Mais qu'a à souhaiter la noblesse, celui auquel les images de ses ayeuls ne semblent embellies d'assez illustres peintures & armoiries, s'il peut s'anoblir d'une sorte, qui le rendra noble malgré le transport de tout Empire, le renuersement de toute Republique, la mutacion de toute religion, voire l'ignominieus meffet de ses predecesseurs ? La vertu ne sufit

Μαρασμὸς est une maladie qui fait sembler le ieune homme estre vieil : & d'ou elle procede.

Moyen de iouïr d'une perpetuelle ieunesse.

Beauté desirable.

Vain titre de noblesse : & quelle noblesse est desirable.

ſufit elle à l'acompliſſement de ce deſir? Et l'autre, qui deſia reçoit ce titre de ſa genereuſe race, ne doit il rougir honteuſement, ſi le vilein vice ſouille le pourpre de ſa nobleſſe, trop eſpiee pour eſtre noircie de ſes enuieus compagnons? O defaut trop inſuportable, de ſe farder de tels agencemens, de proporcionner ſa contenance, ſes pas, ſes acoutremens, d'une afectee curioſité, faiſant aparoir ſon dehors parfet en toute modeſtie, & toutefois le dedens eſt rempli d'un deſordre d'afeccions & perturbacions diuerſes, & l'Ame nourrie de cent vicieuſes, incompatibles, & diferentes emocions. Pour à quoy trouuer remede, je ne ſay ou mieus il faille recourir qu'au ſecours de la Temperance: merci de laquelle, les humeines accions, autant intellectuelles que corporelles, toutes aſſemblees en un compartiment bien proporcionné, forment l'Idee de l'homme heureus, & deſia goutant la ſaueur (autant que l'eſtre mortel le permet) du ſouuerein bien & derniere felicité, plus ſans comparaiſon deſirable, que n'eſt le delay de la mort. De cete Temperance ſe treuuent infiniz ſimulacres en notre vie, tant aus Ars mecaniques, conduiz tous par nombres ou par meſures, qu'aus diſciplines honneſtes & liberales: entre leſquelles, l'Aritmetique, la Geometrie, & l'Aſtronomie ont gardé un rang ſi honorable, qu'à peine pourrions nous viure ſi leur ayde ne nous ſeruoit de guide aus vrais ofices de la vie humeine. Mais la Muſique, eſtimee par la moins recuſable troupe des ſages contenir en ſoy toute perfeccion de ſymmetrie, & retenue côme pour image de toute l'Enciclopedie, me ſemble ſi viuement raporter entre nous le vrey pourtrait de la Temperâce, que l'ignorât de Muſique doit penſer ſon Ame eſtre boiteuſe & impuiſſante d'arriuer au but que lui montre celle vertu non jamais aſſez louee. Combien s'eſtend le mot de Muſique, & combien telle diſcipline eſt ſutile, & eſtimable, je le pourray dire

Faute cõmune, fardee de politeſſe.

Amirable eficace de Temperance.

Les Ars mecaniques, & les ſciences liberales ſont ſimulacre de Temperãce.

La Muſique vrey image de Temperance.

ray dire ailleurs, & d'en toucher ici dauantage seroit répeter ce que j'ay ja escrit en l'un de mes discours Filozofiques, auquel j'essaye de prouuer la Musique contenir toute discipline, & la Temperance toute vertu. Aussi meintenant veu je seulement traiter celle partie de Musique qui s'excerce par la voix, ainsi que le propos, duquel mon premier Solitaire ha fait l'ouuerture, me conduit auec Pasithee: laquelle, retournant le lendemein en sa maison, je trouuay (selon sa coutume de jamais n'estre oisiue) embesongnee en la consideracion de quelques figures Astronomiques, apartenantes au mouuement de la Sphere, & l'ayant saluee: vous auráy je point (dí je) entrerompu quelque agreable imaginacion, qui estiez tant intentiue? Ie n'y estois (respondit elle) si profondement, que celui qui n'ouit l'horrible bruit de l'assaut & prise de sa vile, ni la violence faite en sa maison par le soudart ennemi, duquel il fut surpris en une profonde speculacion & miserablement tué: Bien atendói je à ce plaisir l'heure de quelque autre ocupacion: ne pensant (au soupson de votre triste contenance d'hersoir) vous voir auiourdhui. Quelque accident (repliquáy je) qui me puisse suruenir, je n'oubliray le deuoir auquel l'obligacion que je vous doy, me pousse: & ne pouuois, puis que votre volonté me l'auoit commandé, faillir de venir à ma mode, taschant de prouuer mon obeïssance. En bonne foy (aiouta elle, auec un serenement de face qui ne peut s'escrire qu'en mon cœur) je voulois former une figure du Ciel, pour rechercher de quel aspet fut sur vous cete continuelle solitude descochee, & comme elle pourra, ou quand, estre allegree. Quel besoin (l'interroguáy je) auez vous de consulter auec les corps tant eslongnez, qui au Ciel de voz graces faites luire les Astres, desquelz le benin ou le malin aspet me peut allegrer d'heur, ou contrister tant solitairement? La cause de ma so-

Entree & ocasiõ du dialogue.

Archimede, tué par un soudart à la prise de Siracuse.

litude vous est assez connue : mais la fin de mon allegresse ne vous est encores experimentee. Ce commencement de harangue melancolique & pleintiue (dit elle) tend bien loin du musical entretien, lequel vous m'auez promis. L'ocasion de ma promesse (aioutáy je) fondee sus une melancolie aparue au dehors, par l'abondance du dedens, n'auroit vray efet si je la déguisois : aussi ne sont plus viuement les pleintes exprimees qu'alors que la Musique veut seruir de truchement, tant elle est propre à emouuoir, comme à moderer les passions. Nonobstant que la Musique (dit elle) soit en basse & vulgaire estime pour ce tems, si me donnez vous enuie d'en ouir quelque chose : puis que sa connoissance est de si excellente eficace en l'eleuacion de l'ame par aliance auec la fureur Poëtique, & de ce, Solitaire, je vous prie me satisfaire. De ce que j'en say, Pasithee (di je) ne veus ie vous espargner la parole : vray est que je debatrois une chose trop confessee entre les doctes si je me trauaillois de recueillir les argumẽs desquelz l'honneur & le merite de la Musique & de la Poësie sont soutenuz : mais aussi je me declairerois homme de trop fraile connoissance, doutant que l'une & l'autre ne soient en ce tems déprisees, & contees pour un rien, en ce qui est requis pour l'aise vertueus de notre vie. Quant à la Poësie, je la voy maniee par les mains de telz personnages, que s'ils ne l'eslieuent en son dû & honorable siege, en vain atédra ce climat de iamais l'y reuoir. Mais la Musique, demeuree par je ne say quel desastre sans plus louable nom, q̃ celui qu'un chantre vagabond & sans sauoir, ou un mercenaire menestrier lui en aura aquiz, me semble traitee trop indinement : & ne puis ne me pleindre, de voir entre les notres si bon commencement d'introduccion aus autres disciplines, & en cete, rien : comme si nous en estions incapables, ou si les Grecs & les Latins deuoient defendre cete

Eleuacion d'ame par la Musique.

Musique, & Poësie, moins estimees qu'elles ne meritẽt en ce tems.

partie

partie de Filozofie, à ceus qui ne seroient adoptez en leur famille. Plus encores me déplait le change fait du rang lequel anciennement elle tenoit premier entre les sciences necessaires pour l'institucion des bonnes meurs, à une reputacion d'inutile oisiueté, & excercitacion efeminee: pour non dire qu'elle soit regetee par quelque troupe grossiere, auec les raisons des Sybarites, qui ne receuoient en leur Republique aucun art de sonoreus excercice, & defendoient de nourrir aucun coq pour n'importuner le repoz de leur paresseus dormir. Superfluz seroit le discours emprunté de Platon & d'Aristote, qui la louent, & l'apellent, l'un en sa ciuilité, & l'autre en sa Republique. Aussi sauez vous qu'ainsi que la luite, la course, le saut, l'escrime & telz autres excercices, estoient reçuz pour necessaire entretien de la santé corporelle, la Musique seruoit d'excercice pour reduire l'ame en une parfette temperie de bonnes, louables, & vertueuses meurs, emouuant & apaisant par une naïue puissance & secrette energie, les passions & afeccions, ainsi que par l'oreille les sons estoient transportez aus parties spirituelles: qui fut ocasion prestee aus premiers Poëtes & Theologiens de l'acompagner de Poësie, au nom de fureur sous la charge des Muses, comme je vous diz hier: à quoy (puis qu'il vous plait en ouir dauantage) je veus aiouter meintenant, que la sourse de cete science fut reputee celeste des Pythagoriens, à cause que le premier auteur n'estoit en connoissance, & encor moins auiourdhui, qu'à peine sauons nous démesler les fables, des veritables histoires: l'un nous renuoye à un Dieu Mercure & à sa lyre de quatre ou de sept cordes, ou au scelette de sa tortue. L'autre nous met en jeu un Orphee: qui un Amphion, un Thamire: qui un Line, un Pierie, un Philammon, un Lichaon Samien, & infiniz autres inuenteurs ou en tout ou en partie. Apres suiuent

L'honneur de Musique entre les Anciēs, chãgé auiourdhui.

Sybarites, desquelz l'impudence lasciue ha esté tiree en prouerbe.

Platon en sa Repub. & Aristote en sa ciuilité, reçoiuent la Musique.

Excercices corporelz & intellectuelz.

Pourquoy la Poësie & la Musique sont compagnes.

Sourse de la Musique.

Diuers inuenteurs de Musique.

Timothee & Terpandre qui ont aiouté, & (disent ils) trop aiouté: temoin l'Edit des Lacedemoniens contre le poure Timothee: auec ceus ci Ardale Trezenien, Clonas Thebein, Archiloc, Glauce, Xenocrate, sont nommez: mais en fin telles opinions sans autre temoignage ne peuuent faire foy: aussi n'en allegué je dauantage pour ne faire ainsi que quelques uns, qui se vantans de parler de Musique, apres un grand amaz de telz noms, se sont tuz, pensans nous auoir apris un aussi grand secret que les marteaus, à Pythagore. Il me semble donq plus pertinent de laisser telles letanies à autre loisir, & commencer au mot de Musique, qui vrayment est tiré des Muses, ou le nom des Muses de lui, & sinifie trois choses. Premierement toute l'Enciclopedie: & par Platon, voire (auant lui) par Pythagore, de ce nom l'uniuerselle Filozofie estoit apelee. Il est quelquefois miz en usage pour ce que vous diriez une proporcion, symmetrie, concorde, & amitié des corps celestes & de Nature uniuerselle, tant en l'Uniuers uniuersellement que particulierement d'un particulier à un particulier corps. d'ou procedent sous les noms de Musique mondeine & Musique humeine, certeines plus curieuses que necessaires conside racions, desquelles l'incertitude aporte telle liberté de dire à ceus qui en discourent, que je penserois faire tort à ce tems, lequel je veus employer en plus certeine connoissance, si je vous en entretenois. aussi sa plus peculiere & propre sinifiance, est la science qui considere auec sens & raison, la diference des sons graues & aiguz, ou, bas & hauz, donnant le moyen de bien & harmonieusement chanter: à quoy est requis que lon sache distinctement toutes les especes de Harmonie, & puis que lon soit industrieusemēt excercé à entonner & exprimer disertement les voix en toutes mutacions, sous une mesure tousiours bien obseruee. tellement que son propre suget est un chant harmon

L'edit contre Timothee Milesien est recité par Boëce, au commencement de sa Musique.

Pythagore côçut l'eficace des pporciôs par les diuers sons des marteaus d'un mareschal.

Les Muses & la Musique nommez l'un de l'autre.

Musique sinifie trois choses, à sauoir l'uniuerselle Filozofie, l'estat de tout le Monde & de ce qu'il côtiēt, diuisé en Musique mondeine & Musique humeine.

Propre sinifiance de Musique.

Suzet de Musique.

harmonieusement recueillant en soy des paroles bien dites, mesurees en quelque gracieuse cadence de rime, ou balancees en une inegale egalité de longue ou brieue prononciacion de sillabes. Il seroit long à dire comme la Musique ha esté traitee diuersement, ayant un tems demeuree contente d'une seule voix, ou pour le moins d'une simple mesure egale, telle que le plein chant de noz chantres, & l'exclamacion des sept voyelles aspirees par les premiers & religieus Egypciens pour la sainte louenge du nom secret de Dieu. Et comme depuis elle ha esté diuersifiee de tons diuersement contr'acordez, & de mesures atribuees à diuerses prononciacions aus longueurs & brieuetez inegales du tems. Mais à fin que telle diuersité vous soit euidente, ayez en memoire que les Musiciens en faueur de la facilité de leur discipline connoissans les voix (nommees par les premiers phthonges) elemens de Musique, estre nues, & simplement voyelles prononcees sans ordre, loix, ou aucune regle : inuenterent des noms, sillabes, & sines, pour plus facilement discerner la diuersité des voix : comme les premiers disoient Hypate, Mese, Nete: les autres Archos, Deoteros, & ainsi de suite : & meintenant les sillabes entre nous sont, ut, re, mi, fa, sol, la. Les sines, sont ce que nous apelons notes, diuerses en forme & en valeur (c'estadire en longueur de tems ou en prolacion de mesure) comme il apert en la pratique, l'une noire, l'autre blanche, l'une brieue & l'autre longue. Apres en notre plus prochein siecle passé, ils ont acommodé aus voix ou sillabes certeins sieges qu'ils apellent clefz : distinguez (à parler en leurs termes) par lignes & espaces egales en proporcions, combien que les voix y conduites soient inegales entre soy. Pour aisance dequoy fut imaginee une disposicion d'eschelle sur les iointures des dois dens la main gauche, nommee Game, pource que la premiere apellacion est, Γ, lettre

Les Egypciés louoiét Dieu, par la seule exclamacion des voyelles, auec quelque superstitieuse raison, croyans q̃ tout ainsi que nul mot peut estre sãs voyelle, aussi rié ça bas peut auoir essence sans Dieu.

Φθόγγος, voix.

Diuers noms des voix de Musique.

Eschelle, ou Game.

Grecque, en reconnoissance de l'hoirie qui nous est eschue des Grecs en cete discipline : dont encores porte la marque ce mot Clef, en Musique. *Clef, qui en notre langue ne me semble estre déduit de* CLAVIS *Latin, mais plustot de* κλεὶς, *qui en Grec sinifie Clef: ou* κλῇς *en plus lente & longue prononciacion d'une pluralité sinifient clefs, que nous prononçons ainsi, clez. Toutefois d'ou que ce mot tire sa sourse, il apuie sa sinificacion en la metafore d'ouurir : car comme la clef ouure la serrure, aussi cete ouure le chant. Ie serois ennuyeus à vous qui desirez plus sauoir comme les Anciens parloient de Musique, qu'ouir les commencemens des Modernes qui vous sont tous connuz, de vous entretenir des ut, re, mi, fa, sol, la, ny des sines & notes usitees vulgairement. Ie say (dit elle) cela trop familierement, & ne deuez vous trauailler à m'en dire dauantage. Pour donq (poursuiui je) commencer plus sufisante descripcion.* Que c'est que Musique. *Musique est une disposicion de sons proporcionnables, separez par propres interualles, laissant aus sens & à la raison une vraye preuue de sa consonance : & d'autant qu'elle procede de certeins nombres & mesures de voix, & de son, pour s'acomplir elle considere, les sons, harmonies, consonances, tons, interualles, diastemes, systemes, genres, ou especes, muances, modulacions, & autres telz mots propres à elle, desquelz les sinifiances ne vous demeureront inconnues.* D'ou est engendré le son, & quel est son ofice en Musique. *Le son donq s'engendre necessairement d'un frapement d'air, & en figure ronde petit à petit augmentee en cercles (en maniere de ceus qu'un get de pierre forme en l'eau) paruient à l'oreille, ou elle se fait ouir diuersement : ores bas, si le coup est lent ou tardif : ores haut, si le coup est grand & soudein : (pour essay dequoy une verge, ou baguette, maniee en l'air peut sufire) duquel il faut tenir tel conte entre les Musiciens, que de l'unité entre les Aritmeticiens, & entre les Geometriens du point:*

autre

autre chose ne sinifie il qu'une harmonieuse estendue ou continuacion de voix : & ce que je nomme l'estendue ou continuacion, est l'estat de la voix : c'est à entendre, quand la voix ne monte ny baisse, mais demeure tousiours en un mesme estat. Ce mot, harmonieuse, requiert que la voix puisse estre baissee ou haussee, & ne se pourroit sous tel nom comprendre un tonnerre, ou tel autre extreme bruit, qui ne peut estre outrepassé non plus que seroit une voix si basse, qu'autre ne pourroit l'estre moins, tant elle aprocheroit du silence : tellement que l'estendue ou continuacion, ha deus extremitez. La premiere se nomme, eleuacion, assauoir mouuement de basse en haute voix : l'autre, abaissemēt qui est le mouuement de haut en bas. Quant à la Harmonie elle est diferente de la consonance, (combien que l'une & l'autre soit un conforme emmellement de voix basse & haute, touchant gracieusement l'oreille) en ce que Harmonie contient du moins deus consonances, & consonance n'est autre chose qu'un acord : comme on diroit, une quinte est un acord ou consonance, ou (dira quelqu'autre) une double : mais si vous sonnez dessus la quinte une quarte, ou une quinte entre les deus extremes de la double, c'est une harmonie composee de deus consonances, assauoir Diapenté, qui sinifie quinte : & Diatessaron, qui sinifie quarte. Quant à la cause de la consonance elle n'a pû esté recherchee par les Anciens, qui ont esprouué qu'alors que lon touche deus cordes diferentes (ne vous troublent d'orenauant les mots corde ou voix usitez l'un pour l'autre) si les deus sons qui s'entrerencontrent par l'air sont mesurables l'un à l'autre par quelque bonne proporcion : il se fait une douce confusion de l'un en l'autre, & ne deuiennent quasi qu'un son, d'ou naist la consonance agreable a l'oreille : mais si les sons ne peuuent soufrir proporcionnable mesure l'un de l'autre, ils viennent toucher l'oreille cha-

Que c'est, son.

Deus extremitez d'estendue de voix.

Eleuacion.

Abaissement.

Que c'est Harmonie, & consonance & cōme elles sont diferentes, l'une à l'autre.

D'ou s'engendre la consonance.

cun en ſon entier, comme combatans à qui veincra, & (pour n'eſtre confonduz l'un en l'autre) ſont reçuz aigrement de l'ouïe, d'autant qu'ils ſe font ouir ſeparez : d'ou vient la facheuſe diſſonance, & diſcord mal plaiſant. Des tons, les Anciens ont dit l'un eſtre uniſon (entre les Grecs ἰσοτόνος) aſſauoir quand il reſonne tout un que celui auquel il eſt raporté : l'autre diſſonant (entre les Grecs ἀνισότονος) aſſauoir quand il ſonne inegalement à celui auquel il eſt raporté : deſquelz ceus qui coulent ſi pres de l'uniſonance, que l'élongnement de l'un à l'autre eſt obſcur & incomprehenſible, ne ſeruent à mon propos, mais ceus que les Anciens ont nommez difiniz, & deſquelz lon peut aiſement diſcerner l'eſpace du mouuement, ſeruent de fondement neceſſaire à la Harmonie, & aus acors de Muſique : car la Harmonie, naiſt de proporcion, & la proporcion doit eſtre raportee à quelque choſe : feingnez qu'un ton ſoit acommodé en proporcion d'un uniſon, ne demeurera pas tel acouplement de deus ſons egaus, ſans Harmonie? il faut donq à fin que de la proporcion des deus, la Harmonie procede, que l'un ſoit diferent à l'autre : Auſsi ſourd ici la dificulté, car tous diſſonans, ne ſont acordans ou raportables l'un à l'autre en Harmonieuſe proporcion, comme je vous feray entendre s'il vous plait me permettre de continuer ce diſcours. Quant au mot interualle, il n'eſt neceſſaire de declairer en combien de ſortes il eſt pris generalement, & ſufira qu'en Muſique c'eſt la diſtance (quelque difinicion que lon lui donne autrement) d'entre le ton aigu ou haut, & le ton graue ou bas, diuerſifiee en pluſieurs ſortes, ainſi qu'en un ton, qui eſt l'interualle d'un Son, à ſon prochein Son : comme depuis ut, iuſques à re. Demi ton petit eſt l'interualle d'un Son à ſon prochein, non entier : comme depuis mi, à fa. Diton, ſinifie nne tierce parfette de noz Muſiciens, contenant deus tons : comme ut, mi,

Ton.

ἰσοτόνος ton egal.

ἀνισότονος, ton inegalement ſonnant.

D'ou s'engendre Harmonie.

Que c'eſt interualle.

Que c'eſt Ton,

Demi ton petit ou ἡμίτονος.

δίτονος, ou interualle de deus tons.

mi, ou, fa, la. & faut noter que cet interualle est necessaire en une sorte de Musique nommee Enharmonique. Presqueditón, ou Demiditon, sinifie une tierce imparfette, contenant un ton, & un demi ton petit, comme, re, fa, ou, mi, sol, propre à une autre sorte de Musique nommee Chromatique. Triton s'apelle auiourdhui une quarte dure inusitee, composee de trois tons, comme, fa, & mi esleué, en ordre de fa, sol, re, mi. Diatessaron, c'est une quarte, douce, de deus tons, & un demi ton petit, comme, ut, fa : ou re, sol : ou mi, la. Diapenté, ou quinte parfette, s'acomplit en trois tons & un demi ton petit: comme, re, la : Demidiapenté, (ou possible mieus) Presquedia penté, c'est la quinte imparfette, de deus tons & deus demi tons petiz, comme, mi, fa, conduit ainsi, mi, fa, re, mi, fa. Ton plusque diapenté, pour sixte, ou sixieme parfette, de quatre tons & un demi ton petit, comme, ut, la. Demi ton plusque Diapenté, c'est une sixieme imparfette, de trois tons & deus demi tons petiz : comme, mi, fa : conduit par, mi, fa, sol, re, mi, fa, de E, la, mi, à, C, sol, fa, ut. Diton plusque diapenté, c'est la grande settieme, formee de cinq tons & un demi ton petit, comme, ut, mi. conduit par, ut, re, mi, fa, sol, re, mi. depuis C, fa, ut, jusques à b, fa, ♮, mi. Presqueditón, plusque diapenté, ou moindre settieme, est de quatre tons & deus demiz tons petiz, comme, re, fa : conduit par, re, mi, fa, sol, re, mi, fa. depuis D, sol, re, jusques à, C, sol, fa, ut. Diapason (parfette consonance comparee à la forme ouale) est l'octaue ou la double, composee de Diatessaron & Diapenté, en deus sortes, l'une (comme il sera besoin que je die plus à plein) en proporcion Harmonique, d'un Diapenté en bas & Diatessaron en haut, comme depuis A, re, jusques à, E, la, mi, un Diapenté re, la : & depuis E, la, mi, jusques à, A, la, mi, re, un Diatessaron, mi, la : changeant, la, de E, la,

ἡμιδίτονος, ou, presquediton. car ἡμι, ne sinifie tousiours demi.

Triton.

διατεσσάρων, de quatre.

διαπέντε, de cinq.

Presquediapenté.

Ton plusque diapenté, ou sixte.

Sixte imparfette.

Settieme, grāde.

Settieme, moindre.

διαπασῶν, de tout, ou octaue, consonance diuisable en deus sortes: Harmoniquement.

Aritmetiquement. *mi, en mi. l'autre est proporcionnee Aritmetiquement, assauoir d'un Diatessaron en bas, & un Diapenté en haut, comme depuis A, re, iusques à D, sol, re: Diatessaron, re, sol, & Diapenté, depuis D, sol, re, iusques à A, la, mi, re, sonnant re, la, pour change du sol, de D, sol, re, en re. Demi* Octaue imparfette. *diapason, ou Presquediapason, est l'octaue imparfette nullement usitee, composee de quatre tons, & trois demiz tons petiz, comme d'un mi, de ♮ mi, à un fa, de b, fa, ♮ mi, conduit par mi, fa, re, mi, fa, re, mi, fa. Bien peut on trouuer encores d'autres interualles moindres, comme Schysme, comme Apotome: & d'autres plus grans, comme un ton plusque diapason, & montant jusques à Disdiapason, le plus grand & parfet interualle, comme celui qui est composé en la perfeccion de toute parfette consonance, de deus fois Diapason: mais la facilité de telle recherche me fait passer cet endroit legerement, pour vous* Diferences entre les interualles. *dire que les interualles sont diferens l'un de l'autre en plusieurs sortes: comme en grãdeur, pour exemple, Diatessaron & Diapenté sont diferens en grandeur: car l'un contient deus tons & un demi ton petit: & l'autre trois tons & un demi ton petit. I'a-* Interualles acordans, ou non. *ioute pour autre diference, que les uns sont acordans, & les autres non: cõme Diapenté ou Diapason sont acordans, & Presquediapason, ou Diton plusque diapenté, sont sans symphonie. Dauantage, aucuns interualles sont composez, comme* Interualles composez. *ceus qui sont recueilliz de deus tons ou plus, ainsi que vous diriez depuis ut, à fa, ou depuis ut, à sol: les autres sont sim-* Interualles simples. *ples, comme ceus qui sont entre deus sons procheins ut, re, ou, re, mi: diference qui n'est, toutefois, commune à toutes les especes de Musique: desquelles auant que passer outre il est* Que c'est que espece de Musique. *bon qu'ayez cete connoissance, qu'espece de Musique est une certeine generale façon de melodie, montrant les diferentes formes des Tetracordes diferens l'un de l'autre, par eslongnement*

ment

ment ou procheineté des sons. L'une est Diatonique, & se poursuit continuellement en un demi ton petit, & deus tons entiers suyuans : la seconde est nommee Chromatique (comme on diroit coloree) & s'eslieue par deus demiz tons inegaus en ses deus premiers interualles, & au troisieme par un Presqueditou ou Demiditon qui sinifie trois demiz tons : la derniere (car je n'ay lù que ces trois) est Enharmonique (vous pourriez dire de parfette Harmonie) composee en ses deus premiers interualles, de la moitié d'un demi ton petit, nommee Diese, ou Diachisme : & au dernier interualle de son Tetracorde, d'un Diton, c'estadire deus tons. la Diatonique esleuant sa voix plus vehementement & en plus choisissable proporcion, d'autant qu'elle conuient plus à la naturelle prononciacion est demeuree jusques à notre tems & est encores familierement usitee : mais non pas la Chromatique, ni l'Enharmonique : desquelles celle ne se laisse traiter qu'auec tant exquiz & dificile artifice, qu'elle semble estre reseruee pour les doctes : & cete requiert une tant diligente & laborieuse perspicacité, qu'à peine ha elle esté pratiquee par les plus excellens professeurs de Musique, comme je pourray vous declairer plus amplement. Mais pour retourner à la diference des interualles composez, il faut (disoi je) noter que cete diference n'est commune à toutes les Especes de Musique : car en la Diatonique, Presqueditou est composé, & non pas en la Chromatique : le ton est composé en la Chromatique, & non pas en la Diatonique : En l'Enharmonique, Diton est simple, & non pas en la Diatonique, ni en la Chromatique : d'ou il faut noter que le plus grand interualle simple, est Diton : & le moindre composé est, Demi ton petit. Ainsi connoissez vous une autre diference entre les interualles pour la diuersité des Especes de Musique, les uns estans Diatoniques, les autres

Premiere espece de Musique nommee Diatonique.

La seconde, nômee Chromatique, de χρῶμα, qui sinifie couleur, ou politesse.

La troisieme, nommee Enharmonique, de ἐναρμόνιος, q sinifie quasi autant q̃ propre & biẽ seãt.

Διάστημα, espace, ou distâce.

Chromatiques & les autres Enharmoniques : & ce sufira pour entendre ce mot, si j'aioute que tout Diasteme peut estre nommé interualle, & non pas au rebours : car Diasteme est une distance composee de deus ou plusieurs interualles, & faut que le Diasteme contienne pour le moins entre ses deus extremitez deus interualles de toute espece que ce soit : le mot Systeme entre les bons Auteurs est pris pour diuerses choses, sinifiant neanmoins tousiours un amaz ou assemblee, mesmes sinifie entre les Musiciens une assemblee de voix par interualles & Diastemes, contenant en soy ces deus. Le premier & plus ancien Systeme n'estoit que de quatre cordes, ou quatre tons : ausquelz peu à peu lon aiouta jusques au nombre de sept & fut (dit on) la lyre ainsi encordee, montree par Mercure à Orphee : mais la curiosité de Pytagore, qui ne s'en contentant y aiouta une huitieme, est cause que celle premiere n'est venue jusques en noz mains, & qu'encores à son imitacion, lon ha osé augmenter le nombre jusques à quinze, pour rendre le Systeme parfet en ses Tetracordes, continuant depuis celle qui represente le plus bas ton auquel lon puisse descendre en chantant jusques au plus haut auquel lon puisse monter pour la necessité de melodie. Que sinifie (demanda elle) Tetracorde ? je lui respondi : une continuacion de quatre tons, ou, quatre cordes, desquelles la plus basse, à la plus haute resonne Diatessaron, c'estadire une quarte, d'un demi ton petit & deus tons en trois interualles, comme vous voyez depuis mi, jusques à, la, demeurans, fa, sol, encloz entre deus. Cete disposicion (sonnant entre nous, mi, fa, sol, la) rencontree par les premiers, fut tant fauorablement reçue, sous le nom de Tetracorde, que d'un commun acord ce mot est retenu pour diuiseur du grand & parfet Systeme de quinze cordes. L'usage (m'interrogua elle) des quinze cordes que

Que c'est que Diasteme, & en quoy il est diferent d'interualle.

σύστημα, amas, ou congregacion.

Systeme ancien.

Que c'est Tetracorde.

que vous dites, est il tel auiourdhui, qu'au tems passé? L'usage (respondí je) est bien tel, mais les noms sont changez, & le nombre augmenté, comme preuuent les diuers clauiers d'orgues: cete augmentacion toutefois est repeticion & non pas diuersité: parquoy je n'en feray autre mot: & au propoz du change des noms diray que la premiere corde (vous l'imaginerez pour ton, son, ou note, ainsi qu'il vous plaira) estoit nommee Proslambanomene (qui peut estre interpreté aquise ou aioutee, aussi ne sert elle rien aus diuisions par Tetracordes) & auiourdhui c'est ce qu'on dit A, re. La seconde s'apeloit Hypate Hypaton, c'estadire principale des principales, ou plus basse des basses, qui sont le premier & plus bas Tetracorde: nous nommons cete ci ♮, mi. La troisieme, Parhypate hypaton, sous principale des principales, ou procheine de la plus basse des basses, entre les notres C, fa, ut. La quatrieme, Lichanos hypaton (notre D, sol, re) sinifie indice ou montre des principales: & semble estre deduit du mot Grec λιχανὸς, sinifiant le doigt second & prochein du pouce, qui sert plus communement à montrer (comme lon dit) au doigt: ou pource qu'aus anciens instrumens le doigt second estoit acommodé pour toucher celle corde: ou (& possible mieus à propos) pource qu'ainsi que la distance du pouce à ce doigt second, est la plus grande, & s'elargit ou retressit, selon que l'usage de la main s'acommode en une ou autre sorte: aussi la troisieme corde de chacun Tetracorde, selon qu'elle est usitee à diuerse melodie, acroit ou diminue son prochein interualle, comme j'espere vous montrer facilement: combien qu'auiourdhui il n'y en ait autre usage que ce qui en reste en quelques endrois du compartiment des Orgues par le double Disdiapason. La cinquieme, Hypate meson, c'estadire la principale ou plus basse des moyennes, ou du Tetracorde,

Les quinze cordes, ou voix du Systeme parfet, προσλαμβανομένη, voix aquise.
I

ὑπάτη ὑπατῶν, principale des principales.
II

παρυπάτη, ὑπατῶν, procheine de la principale des, &c.
III

λιχανὸς ὑπατῶν, montre des principales.
IIII

ὑπάτη μεσῶν, principale des moyennes.
V

Tetracorde des moyẽnes.

du milieu, est notre E, la, mi : & s'apelle ce Tetracorde Meson, c'estadire de celles du milieu, pource qu'il est disposé par conionccion entre deus Tetracordes : & si lon ne consideroit la suite des autres Tetracordes, cete principale ou plus basse

Νήτη ὑπατῶν.

des moyennes, pourroit estre apelée Nete hypaton, c'estadire la plus haute des basses.

παρυπάτη μεσῶν, prochei ne de la principale des moyennes. VI

La sixieme, Parhypate meson, sinifiant la procheine de la principale ou sous principale des moyennes, est entre nous F, fa, ut.

λιχανὸς μεσῶν, mõtre des moyennes. VII

La settieme, Lichanos meson (ainsi nommee par les raisons dites en Lichanos hypaton) est notre G, sol, re, ut.

μέση, moyẽne. VIII

La huitieme, Mese, qui est notre A, la, mi, re, se nomme ainsi, comme tenant le rang du milieu au parfet & immuable Systeme du Disdiapason, qui est la double octaue de quinze cordes, desquelles necessairement la huitieme est au milieu, assauoir la plus haute du Diapason bas, & la plus basse du Diapason haut : ainsi en consideracion du Tetracorde Meson on la peut nommer

Νήτη μέσων.

Nete meson, & n'entre au Tetracorde troisieme nommé

Tetracorde des deiointes.

Diezeugmenon (c'estadire des deiointes) non plus que Proslambanomene au premier Tetracorde Hypaton, mais à un Tetracorde conioint (ils le nommoient Synemmenon) elle sert de basse, & là, peut estre nommee Hypate Synemmenon.

παραμέση, procheine de la moyenne. IX

La neuuieme corde estoit Paramese, c'estadire la procheine en ordre de Mese, & eslongnee d'elle d'un ton selon le Systeme auquel les deiointes suiuent le rang prochein des moyennes, comme notre ♮ mi, de b, fa, ♮ mi, est eslongné d'un ton, de A, la, mi, re: lors qu'on chante en cet endroit, re, mi.

τρίτη διεζευγμένων, troisieme des deiointes. X

La dixieme, est Trite diezeugmenon, ou la troisieme des deiointes : pource qu'elle est la troisieme de ce Tetracorde à conter de haut en bas: ou pource qu'elle est la troisieme de ce Diapason à conter de bas en haut : nous l'apelons meintenant C, sol, fa, ut.

παρανήτη διεζευγμένων,

L'onzieme, Paranete diezeugmenon, c'estadire la

prochei

procheine de la plus haute du Tetracorde diezeugmenon est notre D, la, sol, re : & reçoit mesme mutacion selon la diuerse espece de Musique que fait Lichanos, obseruance qu'il ne faut oublier pour entendre la disposicion de la troisieme corde de chacun Tetracorde. La douzieme, Nete diezeugmenon, c'estadire la plus haute du Tetracorde des deiointes, notre E, la, mi. La treizieme, Trite hyperboleon, sinifie la tierce ou tenant le troisieme lieu au Tetracorde des plus hautes ou excellentes, à conter depuis la plus haute : comme F, fa, ut. La quatorzieme, Paranete hyperboleon, c'estadire procheine de la plus haute des plus hautes (muable Chromatiquement & Enharmoniquement) est representee en notre G, sol, re, ut : comme la quinzieme, Nete hyperboleon, c'estadire la plus haute des plus excellentes, par notre A a, la, mi, re, le haut. Tel (continuai je) est l'ordre des quinze cordes anciennes representees par les notes depuis A, re, jusques à A a, la, mi, re : la continuacion desquelles se deduit en quatre Tetracordes l'un apres l'autre. Le premier s'apele Tetracorde hypaton, ou des principales & plus basses, assauoir depuis Hypate hypaton jusques à Hypate meson : & selon l'eschelle, ou Game de ce tems, depuis ♮ mi, jusques à E, la, mi, sonnant mi, la. Le second est surnommé Meson, ou des moyennes, commençant à Hypate meson & finissant à Mese, sonnant mi, la : comme nous dirions depuis E, la, mi, jusques à, A, la, mi, re. Le troisieme est apelé Tetracorde diezeugmenon, c'estadire des deiointes, prenant son nom de disionccion, pource qu'il est separé par interualle d'un ton, du Tetracorde Meson : aussi commence il à Paramese, & s'acheue à Nete diezeugmenon, resonant mi, la : selon notre Game depuis le mi, de b, fa, ♮ mi, jusques à, E, la, mi : ou le quatrieme Tetracorde hyperboleon commence, & acheue

procheine de la haute des deiointes.
XI

Νήτη διεζευγμένων, la plus haute des deiointes.
XII

τρίτη ὑπερβολαίων, la tierce des excellẽtes.
XIII

παρανήτη ὑπερβολαίων, procheine de la plus haute des excellentes.
XIIII

Νήτη ὑπερβολαίων, la plus haute des excellentes.
XV

Quatre Tetracordes.

Tetracorde des basses, ou principales.
I

Tetracorde des moyẽnes.
II

Tetracorde des deiointes.
III

Tetracorde des excellentes, ou plus hautes.
IIII

acheue à Nete hyperboleon, par, mi, la : comme depuis, E, la, mi, jusques à, A a, la, mi, re. Ainsi demeure Proslambanomene hors des deus premiers Tetracordes, ne seruant que daiointe, pour faire une octaue à Mese. Et Mese est hors des deus Tetracordes d'en haut seruant seulement d'octaue à Nete hyperboleon. Toutefois il se treuue ici un Tetracorde collateral & conioint, lequel j'ay dit estre nommé Synemmenon, c'estadire des coniointes : pource que sa premiere & plus basse corde est la plus haute & derniere de celles qu'ils apeloient Meson, assauoir de Mese, tellement qu'il est lié au Tetracorde des moyennes, & confuz dedens celui des deiointes. Donq sa premiere est Mese, sonnant mi, comme de A, la, mi, re : la seconde, Trite Synemmenon, c'estadire troisieme des coniointes, sonnant le fa, de B, fa, ♮, mi : la troisieme, Paranete Synemmenon, qui sinifie procheine de la plus haute des coniointes, sonnant un sol, en C, sol, fa, ut, qui estoit Trite diezeugmenon. La quatrieme est Nete synemmenon, c'estadire la plus haute des coniointes, sonnant un la, auec Paranete diezeugmenon, notre D, la, sol, re. Et de ci pouuez vous recueillir les cinq Tetracordes, leurs noms, & le rang qu'ils tiennent aus quinze cordes desquelles lon peut tirer en doute la disposicion poursuiuie en consideracion du cours naturel des Cieus : desquelz, (à l'opinion de quelques uns) les superieurs resonnent plus grauement, pource qu'ils sont plus grans, & il semble estre raisonnable que les plus grans corps poussent le son plus gros : au contraire, argumentent les autres, que les corps celestes plus hauts, ont le son moindre, & plus aigu : pource que leur mouuement est plus vite, & du plus vite mouuement procede le son aigu, comme du lent & tardif (propre aus corps inferieurs) le son bas & graue est engendré. Encores voyons nous à quelques musicaus instrum

Tetracorde conioint. Συνημμένος, conioint.

Mese. I

Τρίτη συνημμένων, troisieme des côioin tes. II

παρανήτη συνημμένων, procheine de la plus haute des coniointes. III

Νήτη συνημμένων, la plus haute des con iointes. IIII

Disposicion celeste acommodee par les Anciens à la Musiq̃ harmonieuse, mais en diferentes raisons.

instrumens, comme Lyre, Lut, & Guiterre, les grosses cordes estre tendues aus plus hauts lieus : & à quelques autres, comme Harpe, & Espinette, qu'elles sont au plus bas. Toutefois pource que la voix humeine est conduite (& je m'en raporte aus bons Orateurs) de bas en haut, & qu'il ha ainsi plu aus plus fameus & doctes Musiciens de les disposer, je ne veus (contre mon dessein, qui est de vous donner connoissance comme l'ancienne Musique est continuee) me formaliser en paradoxe de si peu de proufit. Donq puis qu'à ce que je compren (dit elle) les quinze cordes nommees sont propres à deduire toute sorte de Musique, je vous prie de poursuiure, & me faire entendre auec quelle industrie cete discipline est excercee sur telz elemens. Il seroit (respondí je) dificile de resoudre la perplexe question de ceus qui enquierent si la disposicion des cordes ha guidé par longue experience la voix humeine, ou, au contraire, si à l'imitacion de la voix, les sons ont esté acommodez aus cordes : mais comme qu'il en soit, je say bien que les Anciens, au lieu des lignes, espaces, notes, clefs, & autres marques usitees pour la chantrerie de ce tems, escriuoient sur les vers certeins caracteres acommodez à chacune sillabe, selon lesquelz la voix se deuoit hausser ou baisser en tout le Systeme, tant Diatoniquement, Chromatiquement, qu'Enharmoniquement. I'en ay vû quelques exemples, & s'il vous plait les formeray sur ce papier telz que je les ay retirez d'un vieil liure escrit en main : desquelz ceus qui sont venuz à nous, par Boëce, aprochent fort, bien qu'en tout ils ne soient semblables. Elle desirant de les voir, me fit aprocher une plume, de laquelle commençant à trasser : la figure (dí je) auec laquelle ils representoient Proslambanomene, est un Z, & un demi H, ainsi Ƶ. *celle de Hypate hypaton est un Γ renuersé sus un Γ droit, ainsi* ⅂Γ. *Parhypate hypaton estoit*

Diuerse disposicion de cordes aus instrumens Musicaus.

Notes antiques.

d *noté*

noté d'un B, & d'un Γ renuersé le dessous dessus, ainsi [symbol]. *Lichanos hypaton estoit marqué d'un Φ, & d'un E, imparfet en bas, ainsi* [symbol]. *Hypate meson estoit representé par un O separé, & les demiz cercles disposez ainsi* [symbol]. *Parhypate meson estoit d'un P, & d'un Ω, le dessus dessous, ainsi* [symbol]. *Lichanos meson auoit un M, & Π, ainsi* [symbol]. *Mese se notoit de I, & Λ, couché ainsi* [symbol]. *Paramese de Z, sus un Γ, couché ainsi* [symbol]. *Trite diezeugmenon de E, & Π, le dessus dessous* [symbol]. *Paranete diezeugmenon M, le dessous dessus, & Z, ainsi* [symbol]. *Nete diezeugmenon Φ, couché sur N, ainsi* [symbol]. *Trite hyperboleon Y, le dessous dessus, & deus traiz de Z, ainsi* [symbol]. *Paranete hyberboleon d'un M, marqué d'un trait aigu & un Π, tracé de mesme, ainsi* [symbol]. *Nete hyperboleon d'un I, tranché sus un Λ, couché & tracé ainsi* [symbol]. *Du Tetracorde des coniointes qu'ils nommoient Synemmenon, Trite auoit pour note un Φ, couché, & un Λ, le dessus dessous, ainsi* [symbol]. *Paranete Synemmenon d'un Γ, & d'un N, ainsi* [symbol]. *Nete Synemmenon estoit ω, & z, ainsi* [symbol]. *Telles sont les figures auec lesquelles ils representoient les sons des quatre Tetracordes, & du cinquieme conioint, en la Musique Diatonique : car en la Chromatique, & Enharmonique ils notoient auec autres marques les cordes muables, chose qui vous pourra sembler estre plus curieusement recherchee, que recitee, pour besoin qu'en ait le discours commencé. En bonne foy (dit elle) cela me semble bien dine d'estre sù, & me plairoit beaucoup de voir la façon, acommodant ces notes aus paroles. Voyez en un exemple qui seruira pour satisfaire à votre enuie, (lui di je, escriuant cete Strophe :)*

Plus, d'une paix rebelle,
Votre douceur cruelle
Au trauail me dispose,
Plus je repose.

Vous sauez auec quel air cete Ode se chante & que les notes usitees auiourdhui sont telles:

Plus je repose.

Mais (demanda elle) à quoy connoitráy je quelle longueur de tems chacune syllabe merite? Ici (respondí je) est notre langue moins parfette que la Grecque ou la Latine: ausquelles ce scrupule seroit oté par la longueur & brieueté des syllabes obseruees des Orateurs & Poëtes, toutefois l'usage, & les hommes doctes, pourroient donner quelque loy en ceci qui nous releueroit de doute, & donneroit la perfeccion requise en notre Poësie. Vrayment telle maniere de noter ne me semble impertinente (dit elle) si notre langue en permettoit l'usage. Il me semble (dí je) qu'auec peu de labeur de quelqu'un, qui par venerable autorité & acomplissement des parties requises par Platon en l'inuenteur ou correcteur des langages, tireroit les François à son opinion, nous pourrions estre enrichiz de ce qui nous defaut en cet endroit, à l'imitacion des Anciens : desquelz vous ne trouuerez hors de propos que j'aioute une autre mode de marques, laquelle j'ay recueillie d'un fort vieil exemplaire, venu en mes mains par la grace de mon extremement aymé ami, mais non jamais assez honoré de moy, le Signeur Maurice Sceue. Là (biẽ qu'ailleurs j'en aye vù quelque chose) amplement il est discouru, que de chacun Tetracorde, la premiere corde estoit nommee Archos, ou Protos, la seconde Deuteros, la troisieme Tritos, & la quatrieme Tetratos : mais pour donner quelque diference, Protos ou Archos du premier Tetracorde hypaton (qu'ils nommoient les graues) estoit ainsi marqué ⊤ : Deuteros, ainsi ʔ : Tritos, ainsi N : & Tetratos ainsi ʕ. Le second Tetracorde meson estoit nommé des finales, duquel Protos estoit marqué ainsi Ͳ : Deuteros, Ƥ : Tritos Ɩ, & Tetratos ʔ. Le troisieme Tetracorde estoit nommé des superieures pour ses quatre cordes ayant ces quatre marques selon leur ordre ɫ ɟ N ʅ. Au quatrieme Tetracorde nommé des excellentes, les quatre cordes estoient reconnues sous ces marques ƀ ƨ ʎ ƽ. Mais cete diuersité me laisse en opinion que les Anciens en meintes sortes marquoient des notes pour montrer quelle part il falloit estendre la voix, & que diuersement les Tetracordes ont esté desguisez, comme depuis noz plus procheins ont inuenté, ut, re, mi, fa, sol, la, & autres instruccions qui vous sont connues : aussi ne véu je vous en entretenir plus longuement si auec votre congé je m'en puis exempter. I'acorde (dit elle) que le fil de ce discours soit continué à votre fantasie, & ne creingnez de le conduire ainsi qu'il vous plaira. Vous retiendrez donq (poursuiui je) en tresasseuree proposicion

Maurice Sceue.

Autres noms des cordes, selõ le nõbre : car πρῶτος sinifie premier : δεύτερος secõd : τρίτος tiers : τέταρτος, ou τέτρατος quart.

Tetracorde des graues.

Autres notes antiques.

Tetracorde des finales.

Tetracorde des superieures.

Tetracorde des excellentes.

cion que la Musique, pour s'acomplir, ha pris les nombres de l'Aritmetique, & les quantitez de la Geometrie: consideracion laquelle je desire vous rendre facile brieuement, si vous aprestez un peu votre aprehensiue perspicacité, que je ne veus ennuyer par les longues trainees des nombres enfilez par quelque uns qui ont traité la Musique, ou ils font plus de preuue d'afectacion de curiosité, qu'ils n'aportent d'ayde pour faciliter la science. Ie laisseray donq les Miliars & Miriades au siege de leur discipline peculiere, & diray que les Anciens connoissans la Harmonie des sons consonans & acordez ensemble, estre tiree de la raison d'un certein mépartemēt proporcionnāt les deus extremitez consonantes, imaginerent trois sortes de mépartemens (car je ne say cōme dire autrement ce qu'ils nommoient proporcionalité ou medieté) & apelerent la premiere sorte mépartement Aritmetiq, la seconde Geometriq, & l'autre Harmoniq. Ce mot, Mépartement, ou Porporcionalité, sinifie un raport ou rassemblement de deus ou plusieurs proporcions: & quand la proporcion n'est que de deus pieces, elle est nommee mépartement conioint, comme 2, 3, 4: voyez qu'il n'y ha à proporcionner que depuis 2, iusques à 3, & depuis 3, iusques à 4. Mais s'il y ha plus de parties, comme en ceci 1, 2, 3, 4, tel mépartement est apelé deioint. Ie croy, Pasithee, que ces mos, rudes & non usitez, vous sembleront mal plaisans: mais la poureté de notre langage en vocables des disciplines m'excusera, & sufira si vous comprenez le sens, atendant que quelqu'un, duquel la hardiesse soit autorisee de l'uniuerselle faueur de France, nous compose des noms. ce pendant vous retiendrez, que le mépartement Aritmetiq est celui auquel toutes les parties suiuantes l'une l'autre tiennent un tel ordre, que les diferences de l'une à l'autre sont egales: comme en 1, 2, 3, ou plus, qui, selon l'or-

Les nombres de l'Aritmetique, & les quātitez de Geometrie empruntees par la Musique.

Trois sortes de Mépartemens, proporcionalitez, ou medietez.

Que c'est que mépartement.

Mépartement conioint.

Mépartement deioint.

Mépartement Aritmetiq.

dre, ne sont entrediferens que d'un, & d'autant que 2, surmontent 1, 3 surmontent 2, & 4, 3 : & ainsi infiniment: demeurant en cete maniere de mépartement entre toutes les parties, une egale diference, assauoir, un : mais non pas une egale proporcion : car 2, est double à 1, le contenant deus fois. Et 3, raporté à 2, est en proporcion d'autant & demi, car 3, contiennent 2, une fois & demie : & ainsi des autres : comme encores sort cete mesme espreuue aus nombres non continuez selon le prochein ordre naturel, 1, 2, 3, &c. mais disposez par egale intermission de nombre (quel qu'il soit) entre deus : pour exemple, 2, 4, 6 : entre lesquelz j'oublie de mettre un nombre, assauoir entre 2, & 4, j'oublie le 3, & entre 4, & 6, i'oublie le 5 : toutefois il y ha mesme diference de 2, à 4, que de 4, à 6, c'est deus : mais non pas mesme proporcion, car 4, à 2, est double, & 6, à 4, est autant & demi : brief, l'intermission egale laisse une egale diference: car si l'intermission est de deus, la diference sera de trois, comme en 1, 4, 7, 10, il est tres facile de voir : si l'intermission est de trois, la diference sera de quatre, comme en 1, 5, 9, 13 : (ainsi infiniment) estant la diference egale, mais non pas la proporcion. Ie m'eslongnerois trop de mon propos vous declairant toutes les proprietez de ce mépartement Aritmetiq, comme il participe du Geometriq & du Harmoniq, comme ses extremitez se raportent à ses milieus : car vous les pouuez auoir aprises au fond de la propre science d'Aritmetique, & sufira de vous en auoir ouuert la memoire, pour suiure que le mépartement Geometriq est celui auquel les parties s'entreraportent en egale proporcion & non pas en egale diference, comme en 2, 4, 8. Bien est la proporcion egale de 4, à 2 : & de 8, à 4 : assauoir double & en l'un & en l'autre : mais non pas la diference, car 4, est diferent de 2, seulement de deus : & 8, est diferent de

Regle des intermissions & diferences.

Mépartement Geometriq.

de 4, du nombre quatre : ce qui se treuue tousiours obserué aus proporcions triples, quadruples & autres. Ie vous laisse le souuenir de ses proprietez : comme les diferences sont en mesmes proporcions que les porcions principales : comme la diference en double proporcion, du petit au grand est le petit mesme : & quelles sont les diferences des proporcions triples, quadruples & autres : comme les extremitez s'entreraportent aus milieus, & plusieurs telles consideracions que je pense ne vous estre inconnues. Reste le mépartement Harmoniq, qui ne contient ni egales proporcions, ni egales diferences, comme 3, 4, 6. Voyez, que 6, surmonte 4, de sa tierce partie qui vaut 2 : & 4, surmonte 3, de sa quatrieme partie qui est 1 : & 6, surmonte 3, de sa moitié qui est 3 : ainsi n'y ha il egalité ni de proporcions ni de diferences : mais ainsi que le grand nombre se raporte au petit, la diference du grand & du moyen nombre, est raportee à la diference du petit & du moyen. Pour esclarcir, par exemple, en 3, 4, 6, il est euident que 6, est double proporcion à 3 : aussi, la diference de 4, à 6, qui est 2, est en double proporcion au nombre diferent de 4, à 3, qui est 1 : car 2, est double à 1. Ie faiz cete mesme preuue en 2, 3, 6 : ainsi 6, est triple à 2 : la diference aussi de 6, & 3, qui est 3, est triple à la diference de 3, & 2, qui est 1 : car 3, est triple à 1. Meintenant pouuez vous recueillir une singuliere diference entre ces trois mépartemens ou proporcionalitez : car l'Aritmetiq, rend entre les moindres parties la plus grande proporcion : & entre les plus grans la moindre, comme 1, 2, 3 : la proporcion de 1, à 2, qui sont les moindres, est double : & la proporcion de 2, à 3, qui sont les plus grans, n'est que d'autant & demi : bien est il aparent que la double proporcion est plus grande que celle d'autant & demi, comme un tout est plus grand qu'une moitié. Le Harmoniq méparte-

Mépartement Harmoniq.

Notables diferences entre les trois mépartemens.

ment

ment rend entre les moindres la moindre proporcion, & entre les plus grans la plus grande : je le treuue ainsi de 3, 4, 6: la proporcion de 3, à 4, qui sont les moindres, est dautant & tiers : & celle de 6, à 4, qui sont les plus grans, est dautant & demi : qui doute que la proporcion dautant & demi, ne soit dautant plus grande que la proporcion dautant & tiers, quune moitié est plus grande quune tierce partie ? Mais le Geometriq, entre les grandes & entre les moindres porcions retient une egale proporcion : car de 2, à 4, est une double proporcion, comme de 4, à 8. Dauantage, en l'Aritmetiq, le milieu surmonte sa moindre extremité, de la mesme partie de soymesme quil est surmonté de son superieur: Quainsi soit, je forme 1, 2, 3 : ce nombre 2, surmonte 1, de sa moitié qui est un : & de cete mesme moitié est surmonté de 3. Au contraire, le milieu Harmoniq surmonte sa moindre extremité, de la mesme partie de la moindre quelle est surmontee de la partie du grand : ce que je vous rens facile en 2, 3, 6 : ou 3, qui est le milieu, surmonte deus, qui est le moindre extreme, dune moitié de 2 : & ce mesme 3, est surmonté par 6, de 3, qui est la moitié de son dit extreme 6. Diuersement à ces deus se conforment les parties Geometriques, ausquelles le milieu surmonte le moindre dune telle partie de soy, quil est surmonté de son plus grand par la partie du plus grand: voyez en 2, 4, 8 : quatre surmontent deus, de leur moitié, qui est 2, & sont surmontez par 8, de la moitié de 8, qui est 4. Donq il semble (comme il est vray) que le Harmoniq participe & de lun & de lautre, puis que l'Aritmetiq, en ses diuisions, obserue legalité des diferences : le Geometriq obserue legalité des proporcions, & le Harmoniq sacomplit en consideracion du raport des diferences & des proporcions ensemble. Ce peu que je vien de dire de ces mépartemens pourroit

Le Harmoniq mépartement tiét partie des mépartemens Aritmetiq, & Harmoniq.

estre

estre estendu toute la journee en un discours des proprietez inuentees pour leurs perfeccions, par les Aritmeticiens, Geometriens, & Musiciens. Une autre fois (dit elle) je vous remettray bien en ce trein, lequel je voudrois bien estre continué plus longuement, si un plus impacient desir ne me croissoit lenuie douir l'assemblement de ce parfet Systeme de quinze cordes dont vous mauez entamé le propos. Fussé je (repris je la parole) autant asseuré que mon desir vous fust connu au vray, comme vous pouuez estre certeine combien le votre mest plus quagreable: car vous connoitriez en moy auec quelle flame une vertu peut d'honneste afeccion estre embrasee: & vous seroit plus recommendable le fruit lequel vous pouuez recueillir de ma deuote obeïssance: pour continuacion de laquelle (poursuiuí je, voyant quelle ne faisoit conte de recompenser mes afeccionnees, de semblables paroles) je suis prest de vous montrer la composicion de ce Systeme. Apres quelle ut à ma priere fait aporter un estui couuert de velouz, garni de reigle, compas, stile, escarre, & autres instrumens propres à l'usage des Matematiques, auec une grande Ardoise qui lui seruoit à tel excercice: Le Disdiapason, ou grand & parfet Systeme (dí je) cõmence à Proslambanomene, prend son milieu à Mese, & finit en Nete hyperboleon. Pour sauoir donq en quelles proporcions sentreraportent ces trois cordes, & leurs procheines, j'imagine quen un instrument soient assemblees quinze cordes dune egale grosseur & non diferentes en son, que par la diference des longueurs. Soit donq la premiere corde, de cete certeine longueur (selon laquelle je veus conduire toutes les autres) diuisee en quatre egales parties: desquelles l'extremité en bas (cestadire l'entiere estendue de la corde) me represente Proslambanomene, sous un nombre de 9216: & selon la grandeur du second point diuiseur, qui

Assemblemẽt du grand Systeme.

est celui du milieu, j'aioute une autre corde qui me sonnera Mese, ioint un nombre, 4608, qui est la moitié de 9216: Puis à la mesure du troisieme point diuiseur, une autre corde soit Nete hyperboleon, auec 2304, qui sont la moitié de 4608, & la quarte partie de 9216, comme sa longueur se raporte à l'une & à l'autre. Par ainsi Proslambanomene est en quadruple proporcion à Nete hyperboleon, ainsi que quatre fois 2304, font 9216: & à Mese en proporcion double, ainsi que deus fois 4608, font 9216. Mese se raporte à Nete hyberboleon, en double proporcion, ainsi que 4608, contiennent deus fois 2304. Cete corde Mese est ainsi nommee proprement, tant en consideracion de ce, que de quinze cordes, la huitieme est iustement au milieu de toutes les cordes: que pource que sa proporcion finit, & commence les deus acors de Diapason: Elle (véus je dire) finit le Diapason de Proslambanomene, comme la plus haute des inferieures: & commence le Diapason de Nete hyperboleon, comme la plus basse d'icelui. tellement que le son de ces trois cordes conclud, en symphonie de double proporcion, deus fois Diapason: & en quadruple, Disdiapason, qui est la quinzieme, ou double octaue, ainsi que vous voyez.

Proporcion de Proslambanomene à Mese & à Nete.

Proporciõ de Mese à Nete.

Raison de ce nom Mese.

✶

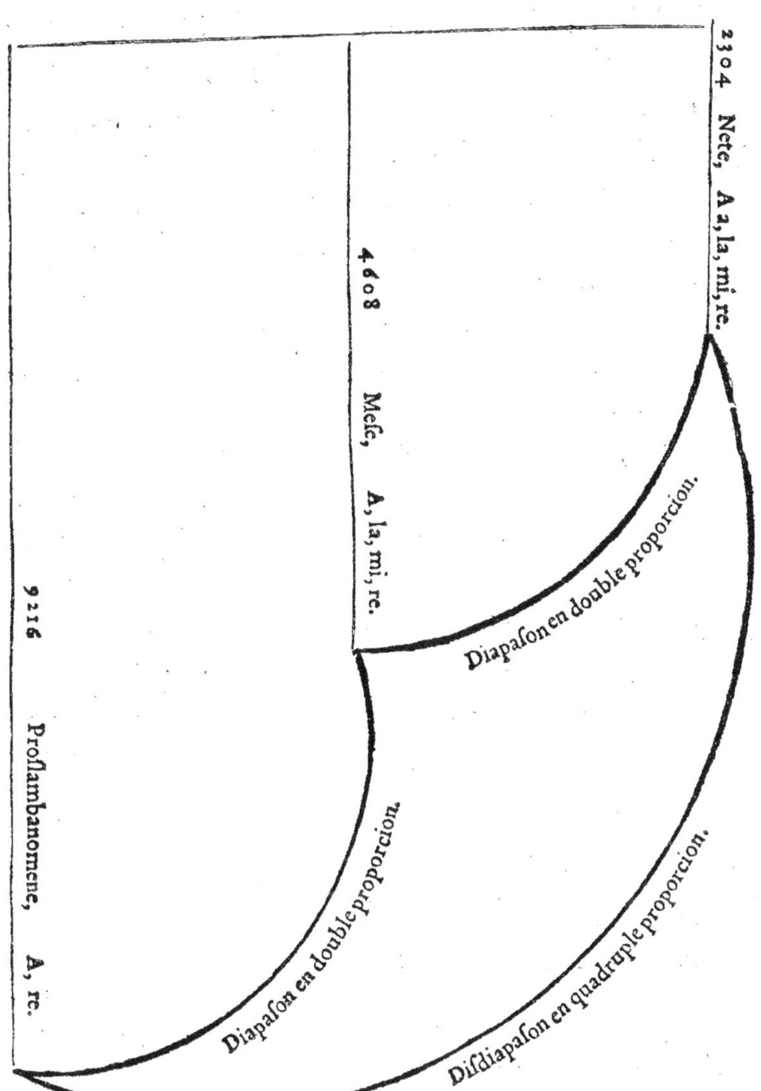

Mais auant qu'entrer plus outre en ce propos, il est necessaire de tenir pour impugnablement assuré, auec les Anciens, que la force & la raison de tout harmonieus chant, sont comprises aus quinze cordes (outre lesquelles la voix haussee,

 est

est feinte ou aigre, & non naturellement pleine : & si elle est baissee plus bas, ne gronde qu'une voix enrouee) diatoniquement disposees, en la composicion du grand parfet & immuable Systeme Disdiapason, par un industrieus compartiment des sons & des interualles : desquelz les estendues & distances (nommees de tous quantitez) sont raportees à une raison mesuree, suiuant les Aritmeticiennes & Geometriennes proporcions : comme je vous ay montré sur mon Monocorde imité de l'antique, descrit par Boëce: par le compartiment duquel, i'ay reconnu la proporcion des consonances moyennant le cheualet mobile, ou coulant, dit des Grecs Cabali, ou, Magas, & des Latins, usurpé Hemispherium ou Semispherium. Premierement le ton (qui premier de tous les interualles fait naitre les diferences de toutes les consonances diuerses) est mesuré en proporcion d'autant & huitieme, nommee Epogdoe, ou Sesquioctaue : & consequemment Diatessaron, Diapenté, Diapason, Diapason-diapeté, & Disdiapason sont mesurees en diuerses proporcions, comme consonances premieres & requises en la perfeccion laquelle nous cherchons: & la trouuerons ayans noté, que la proporcion (ainsi que j'ay commencé de dire) d'autant & huitieme est, quand le plus grand nombre contient le moindre, & la huitieme partie du moindre : comme neuf, contiennent huit, & la huitieme partie de huit, qui est un : de cete proporcion naist le ton. Une autre proporcion qui nous est necessaire, est d'autant & tiers (si j'ose ainsi dire ce que lon nomme sesquitertia) comme 4, à 3 : assauoir quand le plus grand nombre contient le moindre, & la tierce partie du moindre: aussi 4, contiennent 3, & la tierce partie de 3, qui est un: de cete proporcion s'engendre Diatessaron. La proporcion d'autant & demi, ou sesquialtera, comme de 6, à 4, assauoir quand le plus grand nombre contient le moin

Les cõsonances naissét de certeines proporcions.

Μαγάς, ou καβάλη, cheualet.

Proporcion autant & huitieme, qui engendre le ton.

Proporcion d'autant & tiers, qui engendre diatessaron.

Proporcion d'autant & demi, qui engendre diapenté.

moindre, & la moitié du moindre, engendre Diapenté. La proporcion double, comme de 8, à 4, assauoir quand le plus grand nombre contient deus fois le moindre, fait Diapason. La proporcion triple, comme de 6, à 2, assauoir quand le plus grand cõtient trois fois le moindre, fait naitre Diapason-diapenté. & de la proporcion quadruple comme de 8, à 2, quand le plus grand nombre contient quatre fois le moindre, procede Disdiapason. Meintenant ces proporcions necessairement notees, je retourne à mes trois cordes imaginees : desquelles la plus longue nous represente la plus basse voix sous le nom de Proslambanomene, ou, A, re : & celle qui est moindre de la moitié, est marquee pour Mese, ou, A la, mi, re, (octaue de A, re). La plus petite, qui n'est qu'une quarte partie de la grande, sonne la plus haute voix de Nete hyperboleon, ou A a, la, mi, re, le plus haut : octaue à Mese, & quinzieme à Proslambanomene. Or je m'ayde des nombres & escriz : aupres de Proslambanomene un nombre qui peut estre diuisé en quatre, & en deus egales parties, soit 9216 : qui diuisé en deus, laisse à chacune part 4608, marquez aupres de Mese, à laquelle Proslambanomene est double : & diuisé en quatre, laisse 2304, à chacune partie : desquelles Nete en tient une, comme ayant Proslambanomene pour sa quadruple. Reste de remplir les espaces qui sont entre ses trois voix, & sauoir combien il y en faut, pour acomplir les quatre Tetracordes du parfet & immuable Systeme, duquel je vous veus dire toutes les proporcions reconnuees par une diligente & non fautiue obseruance. Premierement ayant retenu ma corde longue Proslambanomene pour fondement de toutes les autres voix esleuees sur elle, cherchant un ton entier prochein, je diuise sa longueur en neuf egales parties, & à la mesure de huit de ses parties je forme une ligne. Il vous est

Proporcion double qui engendre diapason.

Proporcion triple qui engendre diapasondiapenté.

Proporcion quadruple d'ou s'engendre disdiapason.

Maniere de trouuer un tõ, & la premiere corde du Tetracorde des principales.

plus que facilement euident que cete ligne, est proporcionnee à Proslambanomene, en autant & huitieme proporcion: comme le nombre arrestera pour souuenance. Ie diuise 9216, en neuf egalement, faisant chacune partie 1024, & de ces neuf j'en assemble huit, qui font 8192, & escriz ce nombre 8192, (raporté en proporcion d'autant & huitieme, à 9216) au droit de la ligne nouuellement formee, sonnant un ton contre Proslambanomene, comme veut la regle de la proporcion autant & huitieme, & aioute la seconde voix, ou corde, ou note (comme il vous plaira la nommer) Hypate hypaton: c'est (áy je desia dit) ♮ mi eslongné dessuz A, re, d'un ton entier. Apres je diuise la longueur de Proslambanomene en quatre egales parties, & forme une ligne moindre d'un quart que cete Proslambanomene, tellement que de quatre parties, la moindre n'en tient que trois: & par ainsi leur proporcion est d'autant & tiers, selon laquelle je diuise le nombre 9216, & en óte un quart qui est 2304: donq il reste, 6912, que j'escri au droit de cete nouuelle ligne, auec ce nom Lichanos hypaton, ou D, sol, re, qui sonne dessus Proslambanomene Diatessaron, ou une quarte engendree par leur proporcion d'autant & tiers. Ie diuise encores cete premiere longueur en trois egales, & figure une ligne de deus tiers, raportee par ce moyen à la premiere (j'enten de Proslambanomene) en proporcion d'autant & demi: le semblable fáy je du nombre premier 9216, qui monte trois fois 3072, & treuue deus tiers de ce nombre, assembler 6144, que j'escri aupres de cete ligne auec ce nom Hypate Meson, ou E, la, mi, sonnant Diapenté sur Proslambanomene, par la regle de proporcion d'autant & demi euidente & en la longueur des lignes, & en la diuision des nombres. Dauantage, cete ligne, raportee à celle de Hypate hypaton, sonne Diatessaron, comme d'une proporcion

Maniere de trouuer Diatessaron. Troisieme corde du Tetracorde des principales.

Maniere de trouuer Diapenté.

Quatrieme corde du Tecorde des principales.

cion d'autant & tiers. Car mesurant (voyez le) Hypate hypaton contre cete de Hypate meson : il apert que Hypate meson est plus court d'une quarte partie que Hypate hypaton : c'estadire, que la longueur d'Hypate meson contient trois quars de celle de Hypate hypaton, par proporcion d'autant & tiers descouuerte encores au nombre de Hypate hypaton 8192, duquel la quarte partie est 2048. Assemblez trois fois 2048 : vous trouuerez 6144, qui est le nombre aproprié à Hypate meson, en proporcion (comme j'ay dit) d'autant & tiers, à 8192, de Hypate hypaton : mais, puis qu'il me vient souuenir, notez que la quinte, ou Diapenté, surmonte la quarte, ou Diatessaron, d'un ton : car la proporcion d'autant & demi surmonte d'une huitieme celle d'autant & tiers : aussi Lichanos hypaton n'est diferent de Hypate meson, que d'un ton, pource que la mesure de leur ligne est en proporcion d'autant & huitieme, ainsi que vous voyez sous le compas, & aus nombres : car 6912, de Lichanos hypaton, est raporté comme autant & huitieme, au nombre de Hypate meson, qui est 6144 : duquel la huitieme partie 768, fait la diference de cete proporcion. En outre, deuisant la ligne de Lichanos hypaton en huit egales parties, je trace en l'espace qui est entre Hypate hypaton & Lichanos hypaton, une ligne estendue en longueur de neuf huitiemes parties de Lichanos hypaton, tellement que Lichanos est moindre d'une sienne huitieme partie, que cete nouuelle ligne laquelle j'inscri de Parhypate hypaton. & pour l'acompagner d'un nombre propre à sa mesure, je pren 6912, nombre de Lichanos, auquel j'aioute une sienne huitieme, assauoir 864, montant le tout à 7776, disposez en proporcion autant & huitieme, qui fait un ton de Parhypate hypaton, ou C, fa, ut, à Lichanos, D, sol, re. Reste à considerer de quelle proporcion est celle

Notable, entre les propor cions d'autant et tiers & d'autant & demi.

Maniere de trouuer la seconde corde du Tetracorde des principales.

Demi ton petit.

celle petite diference de Parhypate hypaton, à Hypate hypaton: voyez par preuue du compas, qu'en dimension Geometrique vous ne sauriez la raporter en quelque raisonnable proporcion: voyez encores par les nombres escriz à ces deus lignes, que leur proporcion est moindre que celle d'autant & huitieme d'où s'engendre un ton: qu'ainsi soit, 8192, *nombre de Hypate hypaton, contiennent celui de Parhypate hypaton, c'est* 7776, *&* 416, *qui est plus que sa dix & huitieme partie: proporcion aprochante celle de* 18, *à* 19. *Si faut il que cete diference engendre quelque son, & puis que ce n'est un ton entier, il faut dire que c'est un demi ton. I'ay toutefois (repliqua elle) oui assurer, qu'un ton ne peut estre diuisé en deus egalement. Pour aprendre (aioutáy je) s'il est egalement diuisable, regardons comment la proporcion d'autant & huitieme, de* 9, *à* 8, *mere du ton, peut estre diuisee en deus. Premierement il n'y ha aucun nombre entre ces deus: &* 9, *ne reçoit point de diuision en deus egales parties: car nous ne pourrions diuiser un, qui est le moindre, voire (si je puis dire) le point & Atome de tous nombres: mais à fin qu'un plus grand nombre ne nous semble estre mieus diuisable, doublons* 8, *& disons* 16: *doublons* 9, *& disons* 18: *nombres proporcionnez d'autant & huitieme, & qui ont entre eus deus un nombre en tel ordre* 16, 17, 18: *je di que l'estendue de* 16, *à* 18, *engendre un ton par proporcion d'autant & huitieme: tellement que* 17, *qui est entre* 16, *&* 18, *semble estre la diference qui cause l'eleuacion ou abaissement d'un ton. Donq pour diuiser un ton egalement, il faut essayer de diuiser egalement* 17, *ce qui ne se peut faire: car les plus procheins nombres diuiseurs de ses moitiez sont* 8, *qui doublez ne font que* 16: *&* 9, *qui doublez font* 18. *Dauantage* 17, *raporté à* 16, *contient* 16, *& la seizieme partie de* 16: *& ce mesme*

Proporcion qui engendre le demi ton petit.

Si un ton est egalement diuisable, ou nō.

17, raporté à 18, est contenu par ledit 18, auec une sienne dix & settieme partie: tellement que la moindre partie est la dixsettieme, & la plus grande est la seizieme, qui doiuent representer deus parties du ton diuisé en deus le plus egalement qu'on peut: assauoir la grande le demi ton grand & la petite le demi ton petit. Sufise ceci, pour vous en auoir assez dit, quant aus proporcions d'Aritmetique. Mais entre les Grecs, & (grace à Boëce) depuis entre les Latins, le ton est diuisé en plusieurs parties, desquelles les noms sont telz: Apotome, Diesis, Diaschisma, Comma, & Schisma. Apotome, c'est le grand demi ton: Diesis, c'est le petit demi ton: Diaschisma, c'est la moitié de Diesis: Comma, est celle partie de laquelle le grand demi ton surmonte le petit: & Schisma, est la moitié de Comma. Ainsi le ton peut estre diuisé en un Apotome & une Diese: ou en deus Dieses & un Comma: ou en quatre Diaschismes & deus Schismes: ou en deus Dieses & deus Schismes: ou en un Apotome & deus Diaschismes. Elle repliquant dit: le ton est diuisable egalement, & ne satisfait l'argument des nombres, vù que par votre tant assuree proposicion, la Musique s'acomplit & est polie en la Geometrie auec l'Aritmetique. Ores (elle prenant le compas) de cete diference de longueur de deus lignes, eslongnees seulement d'un ton, voyez que facilement j'en fais deus porcions egales. Outre, par les noms diuiseurs alleguez de Boëce, je diuise egalement le ton en deus, chacune partie estendue en une Diese, & un Schisme: ainsi me demeure le ton diuisé egalement. I'ay plus entrepris (lui remontráy je) de vous dire ce que j'en ay lù, que de m'enhardir à vous disoudre tous les doutes: mesmes celui, qui tousiours m'a semblé de dificile resolucion: tant pour le respet des raisons, que pour la reuerence des Auteurs qui les ont debatues: entre lesquelz Pythagore est nommé

Noms, de plusieurs parties d'un ton.

Apotome.
Diesis.
Diaschisma.
Comma.
Schisma.

Hors propoz.
Pythagore.

nommé le premier, qui auec la plus belle & curieuse diligence qu'on pourroit imaginer, recherchoit en toutes choses, autant que leur matiere le permettoit, la purité simple & la stable eternité. Pythagore (Pasithee) qui semble auoir esté enuoyé ça bas par la prouidence diuine, pour miracle, honneur, & enrichissement des Esprits humeins, n'ut autre chose en plus afectueuse recommandacion, que d'aracher l'inconstance & la fortune des euures de Nature, des accions, contemplacions, & mesme de la vie des hommes: pour leur asigner un ordre certein, & un fondement non fortuit ou à l'auanture, mais ferme en une certeine & constante raison: dont entre autres choses tascha de montrer que le jugement des consonances des voix, ne deuoit estre mis en l'arbitre des oreilles, desquelles le sentiment (ainsi que des autres sens) est peu assuré, ains aisé à deceuoir: mais plustot apartenoit à l'entendement, duquel les discours aquierent, par la raison, une certitude assuree. Entreprise, de laquelle il ne pût voir issue plus aparente, qu'en l'ayde de la commodité & raison des nombres, d'où il considera (voire assura) les interualles de Musique tirer leur vraye & plus euidente sourse, pource qu'ils s'entreraportoient de quantité à quantité. Quelle est (disoit il) la cause que des interualles les uns sont acordans, les autres non: si ce n'est pource que la voix procede du mouuement (comme il est certein que sans mouuement la voix ne peut prendre son estre) & que le mouuement ne peut estre sans espace, ni l'espace sans nombre & quantité: & que par suite necessaire, la voix conioint en soy l'essence & l'eficace de nombre, & de quantité: tellemement que l'aigu, & le graue, c'estadire le haut & le bas, sont quantité. De cete opinion sourdit une secte de Musiciens surnommez Pythagoriens Canoniques, ou Reguliers: pource qu'ils atribuoient plus sans

Les nombres, & les interualles musicaus.

Musiciens, nómez Pythagoriens.

comp

comparaison à la raison, qu'aus sens exterieurs. Si est ce, que l'illustre Pythagore ne peut receuoir tant d'autorité, qu'il demeura sans contrariant : car ou de la doctrine d'Aristoxene, ou d'autres quelz qu'ils ayent esté, se trouua une autre secte de Musiciens surnommez Harmoniques, qui auoient plus de fiance, & plus fermement autorisoient leur opinion, au raport du sentiment de l'ouïe, que sur la raison : & de ces deus ne sáy je à laquelle donner l'honneur de primauté de tems : car pour la verité de l'opinion, ceus là me plaisent en leurs sutiles speculacions, & ceus ci m'atirent par leurs preuues familieres & euidentes : Mais plus me satisfont ceus qui ont suiui une moyenne voye auec Ptolemee, donnant à la raison place tres-honorable, & toutefois ne refusant en rien le merite dû au sentiment corporel. Tellement que (si je ne me deçoy) le iugement de la Musique doit estre auoué bon, & sain, lors que la raison & les sens se rencontrent sans controuerse ensemble. Et vrayment il faut que je vous die mon opinion de la Musique en general : fleschir la part des Sectistes de Ptolemee, & quant à la diuision du ton (qui m'a poussé à ce discours) Aristoxene me contenter beaucoup, sauué le respet de toute reuerence due à Boëce, & aus autres desquelz les euures nous sont demeurees entre les mains. Vous croyez donq (dit elle) que le ton est diuisable en deus egales parties. Ie ne voudrois (respondí je) confesser legerement que le ton fust pertinemment nommé quantité, ni qu'en la voix l'interualle du haut & du bas (qui ha semblé à quelques uns n'estre que nue & simple qualité) reçoiue seccion comme une quantité de solide continuité. Il semble (me repliqua elle) que vous ayez enuie de confondre & mettre en tenebres ce point, ou que vous en vouliez dissimuler votre auis : je vous prie declairez vous. Puis que vous m'en pressez (respondí je) & que

Aristoxene.

Musiciēs Harmoniques.

Autre secte de Musiciens, sous Ptolemee.

Quel iugement de Musique est receuable.

Boëce.

cete digreßion me tient trop longuement eslongné de mon propos commencé. Mon auis est, que le ton se peut dificilement diuiser en deus egalitez, pource que la voix ne peut estre si aisement coulee, ni articulee tant intelligiblement, que lon puisse en iuger le milieu, non plus que la diference qui est entre l'Apotome & la Diese. Et quand nous serions à la preuue, celui qui soutiendra lopinion contraire à la mienne, sera außi empesché de me faire discerner à loreille la diference de l'Apotome & de la Diese, que moy de lui faire sentir la diuision dun Comma, qui nous entretiēt en cete particuliere opiniatrise. Puis (dit elle) que le sens de louie n'est assez sutil pour vuider ce diferent, que ne vous remetez au iugement de la raison Pythagorienne, & Aritmeticienne, de laquelle vous auez tant vsé en la proporcion des tons & consonances? Beaucoup m'esmeut (di ie) la dimension nombreuse, quand elle est iointe à la Geometrique. Mais en ceci, le nombre me nie une diuision par la rigueur de lunité: & laparence de Geometrie (ce que vous mesmes auez aperçu) me la permet autant facilement quautre proporcion. Si ne suis je tant opiniatre que les raisons plus viues (car je naten de lespreuue que ce que jen ay dit) ne me guident facilement en autre pas: & ce pendant (sans prendre ceci pour espece dentiere resolucion de ce point) vous souuiendra, pour refreschissement de ce que jay dit, que Proslambanomene est un ton surnommé aquis ou aiouté, au dessous du plus bas Tetracorde de nostre parfet Systeme, representant A, re, de la Game vulgaire, duquel la proporcion dautant & huitieme, contre Hypate hypaton, ou ♮, mi, engendre une diference dun ton de lune à lautre, comme je vous ay montré Aritmetiquement, par le raport de ces deus nombres: & Geometriquement, en la diuision de ces deus lignes marquees de telz noms. Faut meintenant noter

ter que le Tetracorde des plus basses, surnommé Hypaton, commence à Hyate hypaton : au dessus & plus procheinement duquel, est Parhypate hypaton, notre C, fa, ut, representé par une ligne de telle estendue que nous auons dit sonner le demi ton petit, & moindre que l'egale moitié d'un ton. Aupres de cete ligne, est celle que j'ay marquee Lichanos hypaton, c'estadire, indice ou montre des principales entre noz Musiciens, D, sol, re, qui est de la longueur de trois quars de la ligne de Proslambanomene, & autant de son nombre, en proporcion d'autant & tiers, d'ou est engendree la consonance Diatessaron, comme par sa proporcion d'autant & huitieme contre Parhypate hypaton, elle est esleuee d'un ton sur ledit Parhypate : & par mesme proporcion, la ligne suiuante, derniere de ce Tetracorde, nommee Hypate meson, ou E, la, mi, sonne plus haut qu'elle d'un ton, & par proporcion d'autant & demi, fait Diapenté contre Proslambanomene: & contre Hypate hypaton, proporcionnee en autant & tiers, acheue le premier Tetracorde Hypaton des basses, ou principales, comme la figure laisse en assez facile euidence.

Assemblemét du Tetracorde des basses, ou principales.

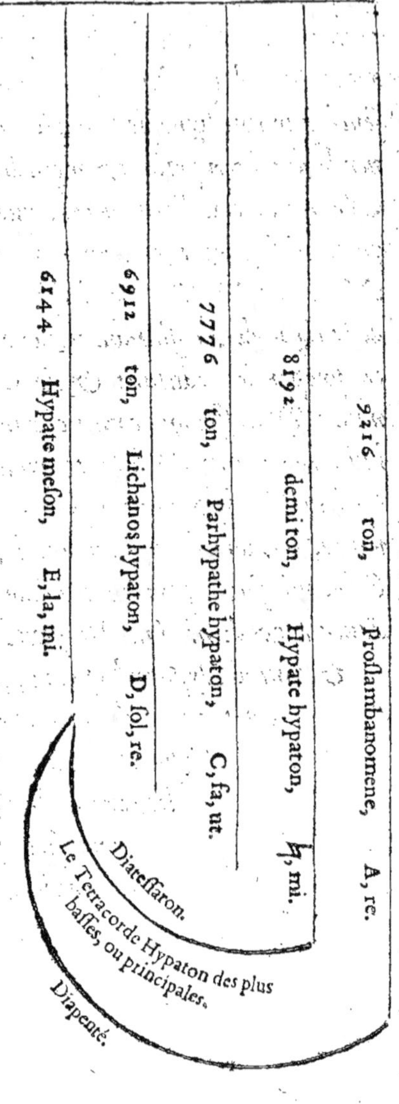

Second Tetracorde, surnommé Meson, ou des moyênes. Maniere de trouuer la seconde corde des moyênes.

Pour trouuer le second Tetracorde surnommé meson ou des moyennes, & les contreproporcions en lui contenues, je compasse la ligne qui represente Parhypate hypaton, en quatre egalement : & à la longueur de trois siennes parties, jen figure une re une aupres de Hypate meſon, montant deuers Meſe, auec le nom de Parhypate meſon, ou F, fa, ut, qui lui eſt raporté en Diateſſaron, par proporcion dautant & tiers : car la ligne de Parhypate hypaton, s'eſtent, outre l'entiere longueur de Parhypate meſon, d'une tierce partie de ce meſme Parhypate meſon, auſsi le declairé je par les nombres, ainſi : Parhypate hypaton eſt marqué de 7776, duquel la quarte partie eſt 1944 : or' aſſemblant trois fois 1944, je treuue 5832 : je les marque donq pour Parhypate meſon, comme proporcionné dautant & tiers, à Parhypate hypaton, duquel il eſt contenu auec une ſienne tierce partie. Uoici encores, qu'il ne demeure pas un ton entier de Hypate meſon à Parhypate meſon, tant par la proporcion des deus lignes, que des deus nombres qui ne ſont en proporcion dautant & huitieme : des lignes il eſt trop cler au compas : & des nombres, quoy ? 6144, nombre de Hypate meſon, contient 5832, de Parhypate meſon, & 312, qui ſont plus de ſa dix & huitieme & moins de ſa dix & neuuieme partie : tellement que de cete proporcion n'en peut naitre qu'une partie d'un ton, nommee (comme j'ay dit) demi ton petit, qui eſt la diference des lignes de Hypate meſon & Parhypate meſon, lequel je diuiſe en neuf egales parties, & à la meſure de huit, je tire une ligne entre la ſienne & celle que j'ay marquee pour Meſe, pour me repreſenter Lichanos meſon, qui, ſelon la proporcion conduite du compas, eſt raportee auec Parhypate meſon comme dautant & huitieme. Ce que j'acorde par le nombre 5832, aproprié audit Parhypate meſon, duquel j'aſſemble en un, huit neuuiemes parties, aſſauoir, huit fois 648, montant à 5184, & marque ce nombre 5184, aupres de Lichanos meſon, ou G, ſol, re, ut : Ainſi, eſt la proporcion dautant & huitieme, dou s'engendre un ton, duquel ces deus lignes ſont diferentes, aſſez euiden

Demi ton petit.

Maniere de former la tierce corde des moyennes.

euidente: mais parangonnons la longueur de Lichanos hypaton à celle de Lichanos meson voyez: que celle là contient la longueur de cete ci entierement, & un tiers d'auantage: & les nombres de mesme: car 6912, de Lichanos hypaton, contiennent 5184, de Lichanos meson: & 1728, qui sont une tierce partie de 5184: le tout en proporcion d'autant & tiers, d'ou s'engendre la consonance Diatessaron de l'une à l'autre ligne Lichanos. Lui uoulons nous acommoder une ligne en Diapenté? Uoyez, c'est celle de Parhypate hypaton, qui est plus longue une fois & demie, c'estadire que de trois pars egales de Parhypate hypaton: Lichanos meson n'en tient que deus, comme le nombre vous montre: qui pour Parhypate hypaton, fait 7776, & pour Lichanos meson 5184, contenu en 7776, auec 2592, qui sont la moitié de 5184: ainsi de la proporcion d'autant & demi resonne une quinte de Parhypate hypaton, contre Lichanos meson. Reste en ce Tetracorde des moyennes, lequel vous voyez tout formé, de reconnoitre, entre Lichanos meson & Mese, une autant & huitieme proporcion, d'ou se fait entendre de l'un à l'autre la diference d'un ton: le compas le descouure: & ce nombre 5184, qui contient 4608 & 576, qui sont la huitieme partie de 4608, en fait foy. Ainsi est cloz le Tetracorde depuis Hypate meson, ou E, la, mi, jusques à Mese, ou A, la, mi, re, par proporcion d'autant & tiers: car la ligne de Mese ne s'estend qu'aus trois quars de la longueur de Hypate meson, comme 4608, sont trois fois 1536: & 1536, ne sont que la quarte partie de 6144, nombre de Hypate meson, depuis lequel jusques à Mese, voyez le Tetracorde meson, ou des moyennes, acompli.

Quatrieme corde des moyennes.

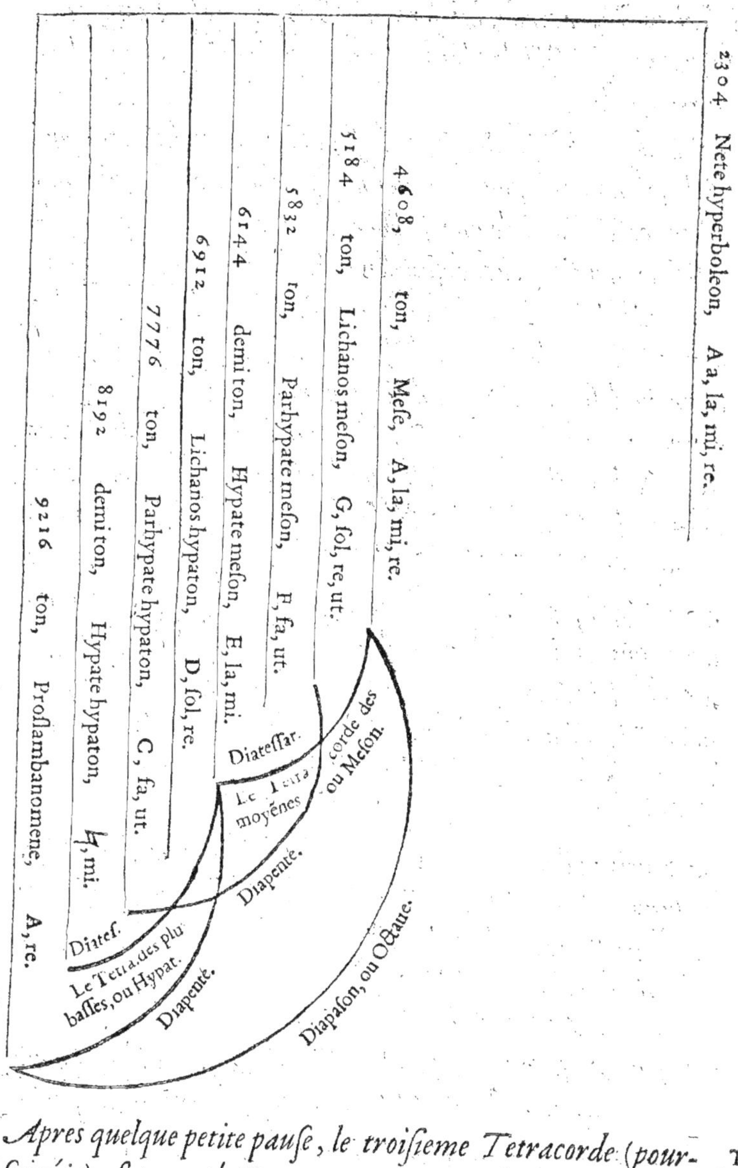

2304		Nete hyperboleon,	A a, la, mi, re.
4608,	ton,	Mese,	A, la, mi, re.
5184	ton,	Lichanos meson,	G, sol, re, ut.
5832	ton,	Parhypate meson,	F, fa, ut.
6144	demi ton,	Hypate meson,	E, la, mi.
6912	ton,	Lichanos hypaton,	D, sol, re.
7776	ton,	Parhypate hypaton,	C, fa, ut.
8192	demi ton,	Hypate hypaton,	♮, mi.
9216	ton,	Proslambanomene,	A, re.

Diatessar.
Le Tetracorde des moyenes, ou Meson.
Diapente.
Diatess.
Le Tetra.des plu basses, ou Hypat.
Diapente.
Diapason, ou Octaue.

Apres quelque petite pause, le troisieme Tetracorde (poursuiui je) est nommé Diezeugmenon, cestadire des déiointes, pource quil ne se conioint auec celui des moyennes par usage dune corde, qui, seruant de plus haute à son procheinement

Tettacorde des déiointes.

g infer

inferieur Tetracorde, lui serue außi de plus basse : comme Hypate meson sert de plus haute pour finir le Tetracorde hypaton, & de plus basse pour commencer le Tetracorde meson. Außi laiße je Mese, qui est la plus haute du Tetracorde de son nom: & pour trouuer une procheine corde, qui commence ce Tetracorde que je cherche, je coupe la longueur de Mese en neuf parties, desquelles jesten huit en une ligne procheine de Mese tirant la part de Nete hyperboleon, & lui donne le nom de Paramese, ou ♮ mi, de b fa, ♮ mi, sonnant au dessus de Mese un ton par autant & huitieme proporcion : (vous le voyez aisément) car la longueur de Paramese est d'une sienne huitieme partie surpassee par Mese : & pour apeler les nombres à quelque ayde, joste à 4608, marquez pour Mese, une leur neuuieme partie 512 : & me reste 4096 (qui sont huit fois 512) raportez en autant & huitieme proporcion (d'ou procede un ton) contre Mese, auec ses 4608. Ici pouuez vous prendre garde estre acheué le premier Diapason, estendu en la moitié du parfet Systeme : euidence prompte au raport des lignes & des nombres de Proslambanomene, & de Mese, qui s'entreraportent en double proporcion : car Proslambanomene contient deus fois Mese, eslongnee d'un ton de cete ligne Paramese, à laquelle Hypate hypaton est raporté en double proporcion, comme son octaue: ce qui apert aus nombres : car 8192, de Hypate, contiennent deus fois 4096, nombrez pour Paramese. S'il vous plait sauoir le Diapenté en bas de Paramese, diuisez Hypate meson en trois. voyez que de ces trois parties, Paramese n'en contient que deus : encores diuisez le nombre de Hypate meson 6144, en trois, chacune partie contient 2048 : de ces trois prenez en deus, ce sont 4096, que j'ay ordonné à Paramese : ainsi Hypate meson par proporcion d'autant & demi,

Maniere de trouuer la premiere corde des déiointes.

mi, contient une fois & demie autant que Paramese, & resonnent l'un Diapenté contre l'autre. Poursuiuons, & pour rencontrer la seconde ligne de ce Tetracorde, prenons la moitié de la longueur de cete, surnommee Parhypate hypaton, & l'estendons en une ligne voisine au dessus de Paramese, auec ce nom Trite diezeugmenon, ou C, sol, fa, ut, de laquelle la double proporcion à Parhypate hypaton, est aparente par la mesure des lignes : & à fin que les nombres seruent de témoignage, je pren 3888 *(qui sont la moitié de* 7776, *marquez à Parhypate hypaton) & les loge aupres de Trite diezeugmenon : aussi ces deus par leur double proporcion, contresonnent un octaue, ou Diapason. Le Diapenté bas de Trite diezeugmenon est aparent contre Parhypate meson, qui, de longueur de ligne & de nombre, contient Trite diezeugmenon une fois & demie. Voyez que deus tiers de Parhypate meson font l'entier Trite diezeugmenon, en proporcion d'autant & demi : comme* 3888, *& leur moitié* 1944, *acomplissent* 5832, *par cete proporcion d'ou procede Diapenté. Dauantage, nous reconnoissons, que trois parties de la ligne de Lichanos meson, diuisee en quatre, sont la juste longueur de Trite diezeugmenon : & mesme proporcion, assauoir d'autant & tiers, est obseruee aus nombres, desquels celui de Lichanos* 5184, *contient celui de Trite* 3888, *auec sa tierce partie qui est* 1296, *d'ou s'engendre entre eus Diatessaron. Recherchons meintenant le reste de notre Tetracorde ainsi : je diuise la ligne de Lichanos hypaton en deus egalement, & à la mesure d'une sienne moitié, je forme aupres de Trite diezeugmenon une ligne, representant Paranete diezeugmenon, ou D, la, sol, re, octaue dessus Lichanos hypaton, par double proporcion euidente de l'une à l'autre longueur : il y faut aiouter pour temoignage le nombre* 3456, *auquel* 6912, *nombre*

Maniere de former la seconde corde des déiointes.

Maniere de former la troisieme corde des déiointes.

de Lichanos hypaton, est (pour resonner Diapason) raporté en proporcion double, comme par proporcion dautant & demi contre Lychanos meson, tant par l'aparent compartiment que vous voyez de leurs lignes, que par les contreproporcions des nombres, naist de Paranete diezeugmenon un Diapenté: la ligne de Lichanos meson, contient une longueur & demie de Paranete: & le nombre de Paranete 3456, est contenu auec sa moitié 1728, par 5184, de Lichanos meson. Dauantage, pource que cete ligne de Paranete contient seulement les trois quartes parties de la longueur de Mese, & que son nombre 3456, ne se remplit que de trois fois 1152, c'estadire de trois quartes parties de 4608, il est plus qu'euidemment aparent, qu'en proporcion d'autant & tiers elles ne peuuent contresonner que Diatessaron. Reste à rencontrer la quatrieme ligne de ce Tetracorde, qui doit estre esleuee d'un ton sur Paranete diezeugmenon: duquel je diuise la longueur en neuf, & en esten huit en c'est espace prochein, marquant la ligne, que j'en ay formee, du nom de Nete diezeugmenon, ou E, la, mi: & pour continuer les nombres, je depart 3456, nombre de Paranete, en neuf: voyez la neuuieme estre 384. assemblant huit fois 384, je treuue 3072, & en marque la ligne Nete diezeugmenon, contenue par sa Paranete en proporcion autãt & huitieme, d'ou procede le ton: je cherche entre les cordes basses son octaue, procedente necessairemẽt (cõme toutes autres consonances sont necessitees sous les proporcions) de la proporcion double. Donq Hypate meson, de qui la ligne est plus grande deus fois: & le nombre 6144, contient doublement 3072, lui estant raporté en double proporcion, resonne son Diapason. Vous plait il de voir un Diapenté contre Nete diezeugmenon? Je diuise la ligne de Mese en trois egalement: voici Nete qui n'estent sa longueur qu'en deus tiers d'icelle, c'estadire

Maniere de trouuer la quatrieme corde des déiointes.

cestadire, que la ligne de Mese contient une longueur & demie de celle de Nete diezeugmenon : aussi leurs nombres s'y acordent : car Mese en 4608, contient Nete en 3072, auec une moitié de Nete 1536 : par proporcion d'autant & demi, d'ou s'engendre Diapenté. Ores je vous veus montrer une consonance non encores esprouuee en noz figures : & raporte la longueur de Nete diezeugmenon, sur la ligne de Proslambanomene qui est plus longue trois fois, comme 9216, (nombre de Proslambanomene) contient trois fois le nombre de Nete diezeugmenon 3072, le tout en proporcion triple, de laquelle entre ces deus naist la consonance Diapason-diapenté. En fin vous voyez ce Tetracorde cloz en Paramese & Nete diezeugmenon, par proporcion d'autant & tiers, qui rend Diatessaron entre ces deus : car la ligne de Nete ne cōtient que trois quartes parties de la longueur de Paramese, proporcion reconnue en leurs nombres : car de celui de Paramese 4096, est contenu celui de Nete 3072, auec sa tierce partie 1024. Voila d'une proporcion d'autant & tiers, le Diatessaron du Tetracorde Diezeugmenon que vous voyez.

✶

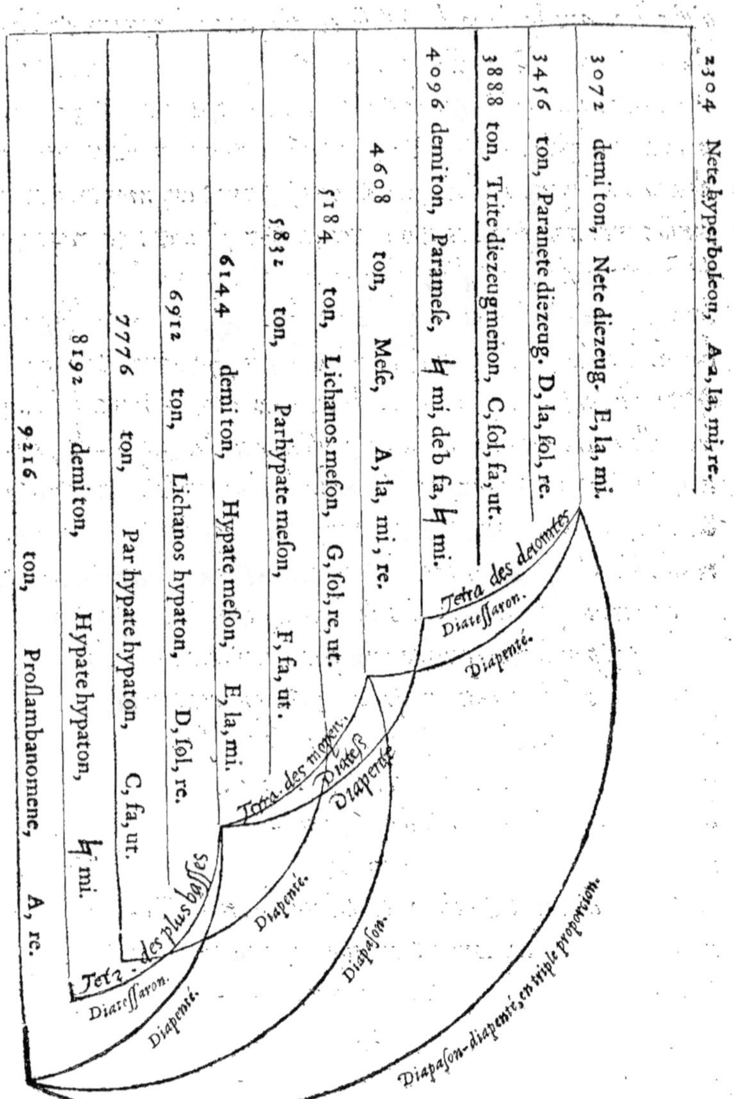

2304 Nete hyperboleon, A a, la, mi, re.
3072 demi ton, Nete diezeug. E, la, mi.
3456 ton, Paranete diezeug. D, la, sol, re.
3888 ton, Trite diezeugmenon, C, sol, fa, ut.
4096 demiton, Paramese, ♮ mi, de b fa, ♮ mi.
4608 ton, Mese, A, la, mi, re.
5184 ton, Lichanos meson, G, sol, re, ut.
5832 ton, Parhypate meson, F, fa, ut.
6144 demi ton, Hypate meson, E, la, mi.
6912 ton, Lichanos hypaton, D, sol, re.
7776 ton, Par hypate hypaton, C, fa, ut.
8192 demi ton, Hypate hypaton, ♮ mi.
9216 ton, Proslambanomene, A, re.

Tetra des deiointes. Diatessaron. Diapenté.
Tetra. des moyens. Diatess. Diapente.
Tetra. des plus basses. Diatessaron. Diapenté. Diapenté. Diapason.
Diapason-diapenté en triple proportion.

Tetracorde des excellentes, ou plus hautes.

Le quatrieme Tetracorde est nommé Hyperboleon, comme le plus haut & esleué de tous : commençant à la fin du Tetracorde diezeugmenon : car la derniere & plus haute ligne de Diezeugmenon lui sert de premiere & plus basse : mais à fin que

Maniere de former la secõ de corde des excellẽtes, ou plus hautes.

que par espreuue & experience vous voyez sa dispoſicion : je coupe la ligne de Parhypate meſon en deus egales parties, & en eſten une moitié au deſſus de Nete diezeugmenon, auec ce nom Trite hyperboleon, qui eſt notre F, fa, ut : ou (pource que Parhypate meſon lui eſt euidemment raporté en double meſure) je proporcionne un nombre de la moitié de 5832, qui eſt 2916, car 2916, doublez, montent 5832 : ainſi ie donne à Trite hyperboleon 2916, comme moitié de 5832, nombre de Parhypate meſon, engendrant entre eus deus cete double proporcion : la conſonance Diapaſon. Mais en quelle proporcion dirons nous eſtre cete diference de longueur entre les lignes Nete diezeugmenon & Trite hyperboleon que je vien de marquer meintenant ? Le compas ne nous y peut ſatisfaire commodément : car la contremeſure des deus n'eſt point proporcionnable : donq aydons nous des nombres de Nete diezeugmenon 3072, & de Trite hyperboleon 2916. Le grand contient le moindre, auec 156, qui eſt plus de la dixhuitieme & moins de la dixneuuieme du moindre. Uoyez que les nombres nous ſont auſsi mauuais tour que le compas, qui ne nous preſentent aucune des proporcions ſeures, choiſies pour notre fondement. Quel remede ? dit elle en ſouriant, je ſuis d'auis que cete proporcion ſoit laiſſee auec ſa facheuſe imperfeccion, au rang des demis tons petiz. Auſsi (reſpondi je) le faut il ainſi faire. Puis continuant : Eſſayons de trouuer le reſte. Ie ſepare la ligne de Paranete diezeugmenon en quatre, & en trace une en longueur de trois tiers aupres de Trite hyperboleon, auec ce nom Paranete hyperboleon, à laquelle Paranete diezeugmenon ſe raporte en proporcion d'autant & tiers ſelon la ſymmetrie de leurs lignes : auſsi à fin que je continue le fil de mes nombres, je ſoutraiz une quarte partie (aſſauoir 864) de 3456, & eſcris aupres de ma nouuelle ligne :

Demi ton petit.

Maniere de trouuer la troiſieme corde des plus hautes.

ligne Paranete hyperboleon, les trois quars qui montent 2592, assurant cete proporcion dautant & tiers une consonance Diatessaron entre Paranete hyperboleon, & Paranete diezeugmenon. Or voyez notre certeine rencontre des nombres à la proporcion Geometrique, & reconnoissez un nombre double à 2592. Elle soudein touchant 5184, dit: c'est cetui ci, au droit de Lichanos meson: duquel, à ce que je treuue au compas, la ligne s'estend en deus longueurs de Paranete hyperboleon. Sauriez vous (lui di je) reconnoitre quelque autre proporcion? Voici (respondit elle, me le montrant) la corde de Parhypate hypaton diuisee en trois, qui se raporte en triple proporcion à celle de Paranete hyperboleon, comme à celle qui n'est longue que de sa tierce partie: chose que leurs nombres temoignent clerement: car 7776, contiennent trois fois 2592: dont, si j'ay bien entendu ce que vous auez dit, l'un contresonne à l'autre Diapason-diapenté. Il est (respondi je) ainsi: mais essayez si vous rencontrerez encor quelques autres proporcions. Elle ayant taté les lignes à quelque espreuue du compas, dit: je treuue que la ligne de Trite diezeugmenon est à mesure de Paranete hyperboleon en proporcion d'autant & demi, car celle de Trite diezeugmenon, est une fois & demie plus longue que celle de Paranete hyperboleon: comme m'assurent les nombres de Trite diezeugmenon 3888, contenant celui de Paranete hyperboleon 2592, & 1296, qui sont la moitié de 2592. I'ay apris de vous que cete proporcion est d'autant & demi, & engendre Diapenté. Vous semble il point (demanday je) qu'il y ait encores quelque proporcion seruant à notre recherche? En bonne foy (respondit elle) je ressemble ceus qui pour auoir la vuë trop viue, ne peuuent iuger les plus procheins euidens obgets: & toutefois choisissent au loin les plus dificilement aparens. Voici Trite

hyperb

hyperboleon ſi voiſin, que ſans trauailler le compas je me fie au nombre, qui m'aſſure la diference de ces deus eſtre un ton, ſortant de proporcion autant & huitieme : car 2916, notez à Trite hyperboleon, contiennent 2592, notez à Paranete hyperboleon, auec la huitieme deſdis 2592, qui eſt 324. Vrayment Paſithee, votre promptitude en ſuputacion ſi peu acoutumee (lui dí je) renforce la bonne opinion que j'ay treſ-aſſuree de votre gentil eſprit : mais permetez moy (continuáy je reprenant le compas) que j'acheue notre Tetracorde commencé : & voyez que diuiſant la ligne de Paranete hyperboleon en neuf, celle que j'ay du commencement marquee pour Nete hyperboleon, ne s'eſtend qu'en huit parties de ſa longueur, eſleuee par ainſi ſus elle d'un ton, par autant & huitieme proporcion: choſe aparente aus deus nombres: car 2592, contiennent 2304, auec leur huitieme partie qui eſt 288. Au reſte, vous trouuerez incontinent que Nete hyperboleon fait un Diſdiapaſon, pour acompliſſement du grand Syſteme, contre Proſlambanomene : un Diapaſon contre Meſe : un Diapaſon-diapenté contre Lichanos hypaton : comme leurs proporcions quadruples, doubles, & triples le conferment. Vous voyez dauantage, & aus nombres 2304, contenuz auec leur moitié 1152, par 3456, & aus longueurs des deus lignes, que Paranete diezeugmenon par proporcion d'autant et demi, contreſonne Diapenté à Nete hyperboleon. Reſte pour concluſion de ce Tetracorde, à conſiderer que Nete diezeugmenon, & Nete hyperboleon ſont en proporcion (le compas le vous montre) d'autant & tiers, témoin 3072, qui contiennent 2304, & 768, tierce partie de 2304, & reſonnent l'un Diateſſaron à l'autre, clouant ce quatrieme Tetracorde.

Quatrieme corde des plus hautes, ou excellentes.

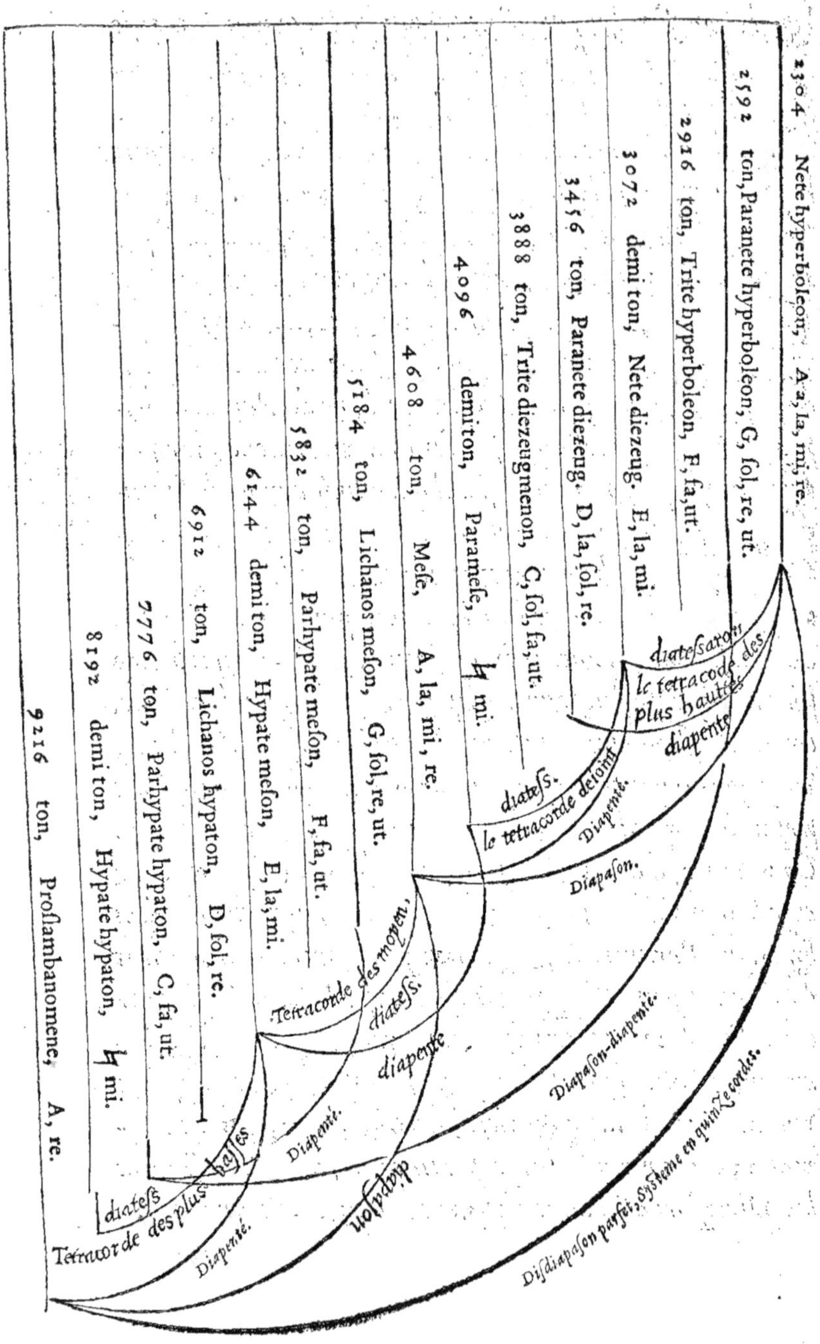
2304 Nete hyperboleon, A, a, la, mi, re.
2592 ton, Paranete hyperboleon, G, sol, re, ut.
2916 ton, Trite hyperboleon, F, fa, ut.
3072 demi ton, Nete diezeug. E, la, mi.
3456 ton, Paranete diezeug. D, la, sol, re.
3888 ton, Trite diezeugmenon, C, sol, fa, ut.
4096 demiton, Paramese, ♮ mi.
4608 ton, Mese, A, la, mi, re.
5184 ton, Lichanos meson, G, sol, re, ut.
5832 ton, Parhypate meson, F, fa, ut.
6144 demi ton, Hypate meson, E, la, mi.
6912 ton, Lichanos hypaton, D, sol, re.
7776 ton, Parhypate hypaton, C, fa, ut.
8192 demi ton, Hypate hypaton, ♮ mi.
9216 ton, Proslambanomene, A, re.
diatessaron
le tetracorde des plus hautes
diapente
diatess.
le tetracorde deioint
Diapenté.
Diapason.
Tetracorde des moyen
diatess.
diapente
Diapason-diapente.
Diapenté.
diapason
diatess
Tetracorde des plus basses
Diapenté.
Disdiapason parfait, Systeme en quinze cordes.

Ie mémerueille (dit elle) pourquoy les Filozofes (car à ce que i'enten vous honorez la Musique de tant illustre source, & l'apuyez de tant honorable autorité, que de lui atribuer pour Auteurs & Professeurs les Filozofes) n'ont plustot diuisé le grand & parfet Systeme par Diapenté, qui est de si douce symphonie, que par Diatessaron, duquel l'ouïe, tant peu soit elle delicate, ne se contente s'il n'est acompagné. L'assemblement (respondí je) du parfet Systeme est continué d'un ordre plus certein par quartes que par quintes: car si vous auez souuenance de la façon que j'ay obseruee en la dimension du premier Tetracorde, vous connoitrez que tous les autres marchent d'un mesme pied: ce qui n'auient en la disposicion du Pentacorde, qui une fois se parfet par trois tons & un demi ton, & l'autre demeure rempli seulement de deus tons & de deus demi tons. Elle s'estant excusee de l'interrupcion faite, & m'ayant prié de passer outre: Ie vous ay dit (continuáy je) qu'outre ces quatre Tetracordes il s'en treuue un, qui, du mot conioindre, peut estre nommé de nous Tetracorde des conioin-tes, comme de pareille deduccion il est nommé des anciens Grecs Synemmenon, à la diference de celui des déiointes surnommé Diezeugmenon: pource qu'entre ce Tetracorde & son inferieur, il y ha une disionccion ou separacion (ce qu'il apellent Diezeusis) de l'interualle d'un ton. Pour exemple unique voyez comment s'entretiennent Mese & Paramese, cete commençant le Tetracorde diezeugmenon, & celle finissant celui des moyennes. Mais le Tetracorde Synemmenon ou Synimmenon, est couplé auec celui des moyennes par une conionccion (ils la nomment Synapheia, ou synaphe) d'une corde seruant à tous deus: à l'une (faut il dire) derniere, ou plus haute, & à l'autre de premiere, ou plus basse: joint que tel nom lui est bien propre, vû que par son moyen trois Te-

Pourquoy en l'assemblemét du Systeme n'est plustot reçu pour Diuiseur Diapenté que Diatessaron.

Tetracorde des conioin-tes.

tracordes se treuuent couplez & unis l'un à l'autre, assauoir celui des basses, à celui des moyennes, par la corde Hypate meson, celui des moyennes auec celui des coniointes, par la corde de Mese en cete sorte : Ie diuise la longueur de la ligne Parhypate meson en quatre egales parties : & entre Mese & Paramese j'esten une ligne de la longueur de trois quars, auec ce nom Trite synemmenon ou b fa, de b fa, ♮ mi, qui est en proporcion d'autant & tiers à Parhypate meson : aussi lui faut il donner les trois quartes parties de 5832, qui sont 4374. il est euident que 5832, diuisez en quatre laissent à chacune partie 1458, & que trois fois 1458, montent 4374, que je note pour Trite synemmenon, sonnant sur Parhypate meson, par proporcion d'autant & tiers, un Diatessaron. Mais voici (dit elle) nouuelle perplexité : car la diference de Trite synemmenon, que vous venez de marquer, & de Paramese, me semble toute impertinente : au moins n'en auez vous encores en vos diuisions rencontré une semblable. C'est tresbien & sutilement aperçu, lui di je, & bien me seruira la souuenance de ce que je vous ay declairé diuisant le ton en deus inegales parties, assauoir Diese, ou demi ton petit, & Apotome, ou grand demi ton, desquels voici l'endroit tres à propos pour vous montrer la diference, au raport de cete ligne Trite synemmenon, tracee entre Mese & Paramese, inegale en longueur & à l'une & à l'autre. Et pource qu'à la verité, nous n'esclarcirons ce scrupule par l'ayde du compas, il est besoin de demander secours aus nombres de Mese 4608, de Paramese 4096, & de cete nouuelle corde 4374. De la proporcion autant & huitieme de Mese à Paramese, d'ou naist un ton, j'ay desia assez dit. Mais contons en quelle proporcion 4374, se raportent à 4608, qui contiennent 234, outre les 4374. Or 234, font plus de la dixhuit

Maniere de former la seconde corde des coniointes.

Diference des deus demi tõs.

dixhuitieme, & moins de la dixneuuieme de 4374, *dou il apert que* 4608, *contiennent* 4374, *& plus de leur dixhuitieme, moins toutefois de leur dixneuuieme partie. I'enten bien (dit elle) que de cete proporcion imparfette vous auez declairé le demi ton petit estre trouué, mais pource que je ne puis me resoudre de ceci, je vous prie me dire, si lon pourroit en ce point proceder dautre façon. Oui deà (respondi je) & oyez en vne preuue. Ie pren le nombre de Trite synemmenon* 4374, *& cherche son nombre premier, que je treuue estre en sa dixhuitieme partie* 243: *apres, j'en fais autant de* 4608, *& treuue sa dixhuitieme estre* 256. *Or' considerez comment* 256, *se raportent à* 243: *leur diference est* 13, *& treize est plus de la dixhuitieme, & moins de la dixneuuieme partie de* 243: *brief, le grand contient le moindre auec celle porcion du moindre que j'ay dit, en proporcion surpartissante treiziemes, c'estadire, que* 256, *contiennent* 243, *&* 13, *qui sont une partie de* 243: *dou, comme j'ay repeté quelques fois, naist le demi ton petit, qui est la diference de Mese à Trite synemmenon. Ie pren meintenant à nombrer Trite synemmenon en* 4374, *contre Paramese en* 4096, *& rencontre que* 4374, *contiennent* 4096, *&* 278, *qui sont plus de la quatorzieme, & moins de la quinzieme partie de* 4096, *dou il resort un demi ton, mais plus grand, & d'interualle plus esleué que celui que j'ay nommé petit, parquoy j'apelle cetui ci grand demi ton. Comment sauez vous (demanda elle) que ces deus pieces de ton raportees ensemble fassent un ton entier? Vrayment (respondi je) vous m'eueillez à une suputation laquelle je n'ay jamais essayee, & aydez moy, je vous prie: quelz nombres & quelle proporcion auons nous atribuee au ton entier? La proporcion (dit elle) est dautant & huitieme, comme elle apert ici en Mese, par* 4608, *contre Paramese en*

Recherche du demi ton.

Grand demi ton, ou Apotome.

4096. *Sauez vous point (l'interrogáy je) quel est le nombre de plus ou moins qui les fait ainsi proporcionnez? C'est (suiuit elle) 512, dont 4608, surmontent 4096. Meintenant (aioutáy je) m'auez vous acheminé ou je voulois : je retien 512, pour le partissant de notre autant & huitieme proporcion : ainsi huit fois 512, font 4096, & recherche si je me suis point deçu aus nombres des demi tons : voyez le nombre en 4608, excedant 4374, est 243, en proporcion presque d'autant & dixneuuieme, d'ou se forme le moindre des deus demi tons. Apres le nombre surpassant 4096, en 4374, est 278, par proporcion entre autant & quatorzieme, & autant & quinzieme, d'ou apert une eleuacion de plus grande proporcion que l'autre: car 278, passent 234, de 44, qui sont moins d'une sixieme & plus d'une cinquieme de 234. Reste pour montrer que ces deus pieces rassemblees sonnent un ton entier, de les joindre, & il apert que 278, & 234, joinz, vallent 512, qui est le nombre partissant la proporcion autant & huitieme, d'ou nous auons dit le ton estre engendré de l'une à l'autre corde, choisie pour exemple veritable & infalible en tous autres endrois. Vrayment (dit Pasithee) vous m'auez en peu de paroles rendu cler & facile, ce que je jugeois tenebreus & impossible : toutefois si je ne creingnois de vous importuner, & (poursuiuit elle, souriant auec une sienne naïue gracieuse façon) de meriter un surnom de feminine curiosité, je vous prierois de me dire combien il y ha de diference entre ces deus demi tons. Vous ne pourriez en commandant, Pasithee, vous ne pourriez estre importune à moy, qui ne me plais (lui repliquáy je) en rien qu'en ce qui satisfait à l'enuie que j'ay de vous faire seruice : marri toutefois, que quelque sauoir ou mienne grace, ne sufise au contentement de votre non feminine curiosité, comme il vous plait*

Quelle diference il y ha entre les deus demi-tons.

plait de dire, mais curieuse diligence, auec laquelle vous sauez cueillir le fruit de toutes bonnes choses, en illustracion de voz louables vertus. Et quant à ce dont vous m'interrogez, vous estes curieuse en exemple des plus gentils Filozofes, qui ont recherché exactement, & en partie resolu ceci : comme je veus aiouter à ce que desia j'en ay dit : d'ou vous pourriez conclure, que l'un de ces demi tons est plus grand que l'autre, de moins d'une sixieme, & plus d'une cinquieme partie, ainsi que les nombres 278, & 234, contreproporcionnez ont fait foy : lesquels je say pouuoir estre diuersifiez & raportez autrement, mais auec si pù de fruit, qu'en fin la clarté qui en sort, n'est desacompagnee de tenebres. Mais pour retourner à vous respondre, je remets en memoire, que le ton est diuisé en une Diese, & une Apotome : la Diese en deus Diaschismates ou Diachismes : l'Apotome en deus Diaschismates & un Comma : & Comma en deus Schismates ou Schismes : quant au Diaschisme, il ne reçoit aucune diuision. Ainsi euidente se fait la diference des deus demi tons : car le grand, assauoir l'Apotome, surmonte le petit, c'est la Diese, d'un Comma. Ce Comma (demanda elle) comment est il raporté à la Diese ou au Diaschisme? Me voila (lui respondi je) au cruq, & ne say comme en eschaper sauue sans l'ayde du compas. Donq, je tire une ligne egale à Mese, & une autre egale à Paramese : entre les deus j'en forme une qui represente Trite synemmenon, sonnant contre Mese un demi ton petit, & contre Paramese un grand demi ton. Voyez vous pas la diference de Paramese à Comma.

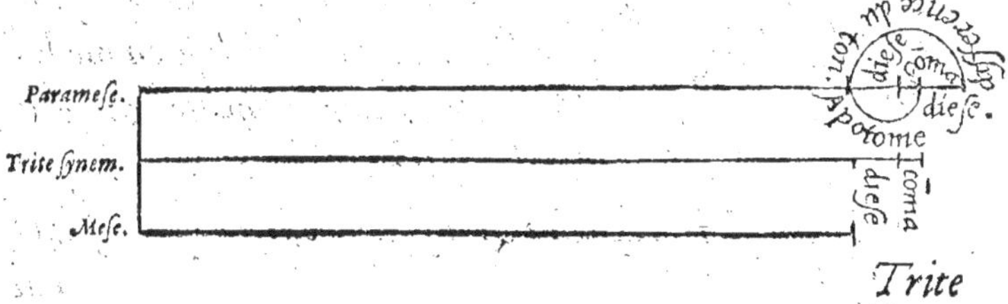

Trite synemmenon plus grande que celle de Trite synemmenon à Mese ? Oui vrayment, dit elle. I'ay dit (poursuiuí je) que la petite diference est Diese, & la grande Apotome, je raporte donq une longueur de Diese dedens l'Apotome. Or voyez, ce qui reste de l'Apotome est nommé Comma, c'estadire celle longueur de laquelle le grand demi ton surmonte le petit, & qui ha si peniblement embesongné les Anciens, qui ont jugé (mais le peu d'espace ne fait ici place aus mesures) la Diese contenir plus de trois fois & moins de quatre, un, Comma: & l'Apotome le contenir moins de cinq, & plus de quatrefois. Bien bien, Solitaire (dit elle) il me sufit : mais je m'aperçoy que fort aisément le ton (comme je vous ay dit un coup) est diuisable en deus egalement : & qu'ainsi soit, faites de ce Comma deus parties egales. Les voila lui di je, obeissant. Oui en bonne foy (dit elle) voila un ton en deus egalement parti, chacune partie contenant deus Diaschismes & un schisme. Il est vray (repliquaí je) toutefois la voix humeine ne pourroit facilement se fleschir en telle egalité que l'oreille en fist jugement assuré : & si faudroit que ce fut un ton seul qui tomba sous cete espreuue. Mais si vous auez pris garde que nous assemblons nos tons pour s'entremesler en harmonie & consonance, & qu'au grand Systeme lequel j'ay comparti, un ton se proporcionne de l'autre, qui voudroit hausser la Diese d'un Schisme, en tous lieus ou elle se rencontre, l'ordre seroit entierement troublé & confondu : demeurant tout le Systeme sans proporcion ni consonance. Soit ainsi (dit elle) mais dites moy quel est l'usage du demi ton petit, & s'il peut estre discerné du grand par l'ouïe. Prenez (lui dí je en me leuant) la peine de venir jusques vers votre espinette, & je vous montreray. Elle aprochee, d'un treteau expres, duquel son Espinette estoit ordinairement soutenue, iugea que la feinte

Pourquoy le ton n'est egalement diuisé.

Moyen de discerner les deus demi tons.

qui

qui eſt entre A, la, mi, re, & ♮ mi, de b fa, ♮ mi, rend ſi eui dente diference, que l'oreille le diſcerne : car à la verité il ſemble que le ſon depuis A, la, mi, re, ou Meſe, juſques à la feinte, que j'ay nommee Trite ſynemmenon, eſt moins eſtendu, que celui qui s'eſlieue depuis la feinte juſques à Parameſe, ou ♮ mi, de b fa, ♮ mi. Apres laquelle eſpreuue, Retournons (dit elle) Solitaire, retournons nous aſſoir, & acheuez s'il vous plait les proporcions du Tetracorde ſynemmenon, leſquelles je vous ay fait entrerompre. Ie lui reſpondis : L'entre diſcours lequel nous auons fait, eſtoit ſi neceſſaire, que, ſans lui, mal aiſément uſſe je paſſé clerement à la declaracion du reſte, qui eſt telle : Trite ſynemmenon, ainſi que je vous ay montré, fait Diateſſaron contre Parhypate meſon, & contre Trite diezeugmenon un ton, par autant & huitieme proporcion : comme entre 4374, & 3888, nombre contenu dedens 4374, auec ſa huitieme partie, qui eſt 486, & comme il apert en diuiſant la ligne de Trite ſynemmenon en neuf parties, deſquelles j'en eſten huit en une ligne qui eſt de meſme longueur que celle de Trite diezeugmenon, & la nomme Paranete ſynemmenon, auec meſme nombre que Trite diezeug. 3888. Reſte encores la Nete de ce Tetracorde, ſurnommee Synemmenon, qui par proporcion d'autant & huitieme eſt éſleuee d'un ton ſur Paranete ſynemmenon, & ſe rencontre, comme vous voyez, de meſme longueur & proporcion, qu'eſt Paranete diezeugmenon, marquee auſſi de meſme nombre 3456. Bref, Nete ſynemmenon par proporcion d'autant & tiers acomplit, en Diateſſaron contre Meſe, ce Tetracorde : duquel la compoſicion ſeroit inutile (tant il eſt egal à Diezeugmenon) ſi Trite ſynemmenon ne lui aportoit quelque diference, & ne nous aprenoit à connoitre comment le petit & le grand demi ton ſont diferens. Alors Paſithee

Maniere de former la tierce corde des conointes.

Maniere de trouuer la quatrieme des cõiointes.

i penſant

pensant que la composicion du Systeme fut acheuee, vouloit me donner nouuelle ocasion de parler, quand je lui dis : Vous voyez aus lignes assemblees quinze marques, sans le Tetracorde Synemmenon, & toutefois il faut que j'aioute encores un mot necessaire, & trouuer à Trite synemmenon une double proporcion : & pour ce faire, j'esten entre Proslambanomene & Hypate hypaton une ligne, contenant deus longueurs de Trite synemmenon, raportee à Proslambanomene & Hypate hypaton en mesme diference qu'est Trite synemmenon à Mese & Paramese : c'est à entendre que cete corde marquee est esleuee par dessus Proslambanomene d'un demi ton petit, & Hypate hypaton sonne plus haut qu'elle d'un grand demi ton. Donq, elle estant double en longueur à Trite synemmenon, doit estre notee d'un nombre double à 4374, *qui est* 8748, *pour temoignage que de cete double proporcion resonne entre ces deus un Diapason. Et si vous voulez je vous montreray par le menu, les proporcions de ces deus demi tons selon la rencontre de leurs nombres. Il n'est ja besoin (dit elle) car je les connois assez, par ce qu'auez proporcionné de Trite synemmenon à Mese & Paramese : entre lesquels, & ceus ci, n'y ha qu'à doubler la suputacion. Mais comment est nommee cete corde? vous ne l'auez point mise au rang des autres. Tout ainsi (respondi je) qu'il ha falu pour proporcionner un Diapason à Mese, & former en acomplissement le Disdiapason jusques à Nete hyperboleon, aiouter Proslambanomene, & la nommer auec ce nom tiré des raisons que j'ay dites. Aussi pour ne laisser Trite synemmenon improporcionable en Diapason, il ha esté necessaire d'aiouter cete corde procheine de Proslambanomene, meritant un second nom d'elle. Mais, puis qu'elle n'a point esté autrement apelee par les Anciens, je laisseray nommer à plus dine parrain : Pource*

Corde aioutee entre Proslãbanomene & Hypate hypaton.

toutefois

toutefois qu'elle n'est inutile, & qu'elle peut quelquefois venir en termes, en ce discours familier, je la nommeray, Aioutee, puis que l'usage du mot Proslambanomene me garentit du danger de l'equiuoque. Or pour l'apliquer à quelque chose, je diuise cete ligne Aioutee en trois egales parties, & rencontre Parhypate meson en contenir deus, & Trite hyperboleon une. Ainsi l'Aioutee est en autant & demie proporcion à Parhypate meson, comme d'abondant leurs nombres 8748, & 5832, temoignent: car 8748, pour l'Aioutee, contiennent les 5832, de Parhypate auec leur moitié, qui est 2916: parquoy cete proporcion est d'autant & demi, d'ou entre ces deus lignes est engendré un Diapenté. Dauantage, Trite hyperboleon, qui ne contient qu'un tiers de la longueur de l'Aioutee, lui est raporté en proporcion triple, resonnant Diapason-diapenté. ce que les nombres acordent, vû que 8748, contiennent trois fois 2916: ainsi vous connoissez l'emmellement du Tetracorde Synemmenon auec les autres.

Consonances contre l'Aioutee.

✶

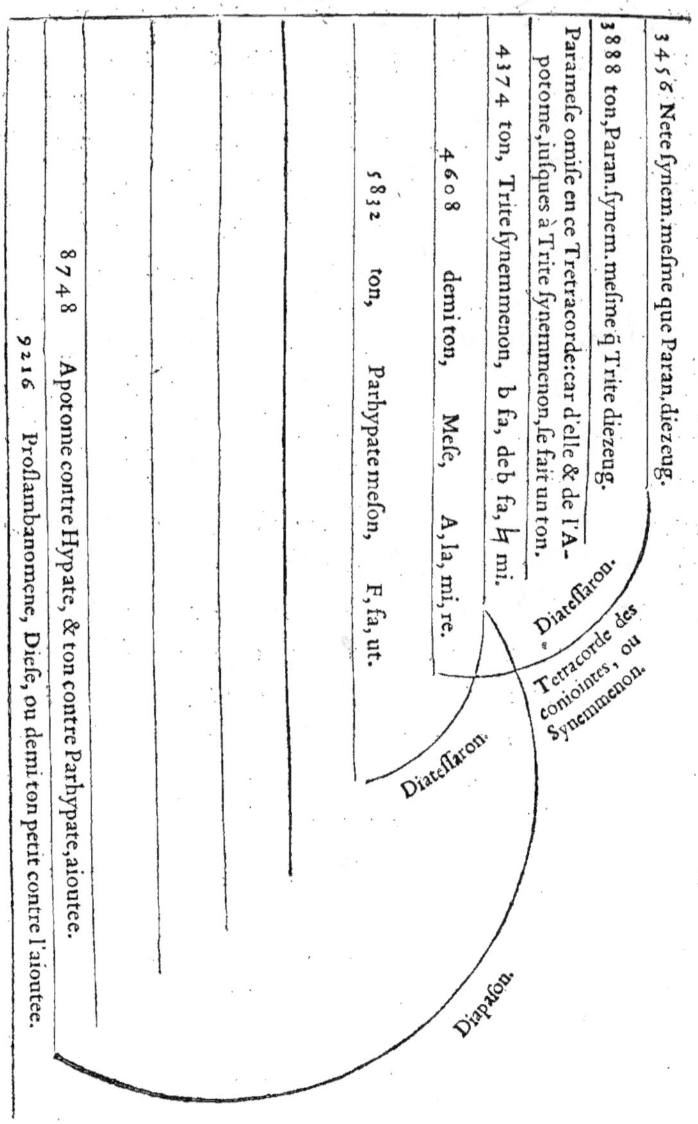

3456 Nete synem. mesme que Paran. diezeug.

3888 ton, Paran. synem. mesme q̃ Trite diezeug.

Paramese omise en ce Tretracorde: car d'elle & de l'Apotome, iusques à Trite synemmenon, se fait un ton.

4374 ton, Trite synemmenon, b fa, de b fa, ♮ mi.

4608 demi ton, Mese, A, la, mi, re.

5832 ton, Parhypate meson, F, fa, ut.

8748 Apotome contre Hypate, & ton contre Parhypate, aioutee.

9216 Proslanbanomene, Diese, ou demi ton petit contre l'aioutee.

Diatessaron.

Tetracorde des conioinctes, ou Synemmenon.

Diatessaron.

Diapason.

Voila tout ce qui m'a semblé necessaire, à la declaracion & composicion du grand Systeme de quinze cordes, & de quelles proporcions il est capable : outre lequel plusieurs ont opinion rien ne pouuoir estre aiouté : car si bien, des instrumens, aucuns

aucuns s'eslieuent plus haut, & se baissent plus bas, il est euident que ce n'est qu'en doublant, triplant, ou quadruplant, plus ou moins, cetui, lequel j'ay declairé: & à quoy il faut annoter singulierement que la longueur, faisant en proporcion d'autant & tiers diference d'une à autre ligne, se coupe en deus neuuiemes diferentes, & reste un moindre espace qu'une neuuieme, duquel naist le demi ton petit: & que diuisant une corde en trois, & puis en quatre, si vous raportez l'estendue d'une quatrieme dedens une troisieme, le reste demeurera pour diference d'un ton. En bonne foy, Solitaire (dit elle) telles sutiles consideracions me semblent de tant admirable industrie, que je ne treuue estrãge si peu de gens s'enhardissent au plonge de si profond abime. Que vous fust il agreable de me donner entendre qu'el fruit croit de la connoissance des entremeslees proporcions, lesquelles vous m'auez descouuertes. Le fruit (di je) est sauoir parfettement juger de tous les acors, consonances, & harmonies de Musique: auec lesquelles vous sauez comme lon peut delectablement tirer les ames par l'oreille. Ceci lui donna enuie de me commander la poursuite de cete partie, laquelle je commençay ainsi: Il faut recueillir de tout notre discours passé, que la parfette consonance Diapason, est composee de Diatessaron & Diapenté: contenant Diatessaron deus tons & un demi ton petit: Diapenté trois tons & un demi ton petit, & Diapason s'acomplissant en l'assemblement de ces deus, par la resonnance de cinq tons & deus demi tons petiz. Et combien que je vous aye dit le parfet Systeme Disdiapason estre seulement composé de quatre Tetracordes, si se treuue en lui toutefois Diatessaron douze fois repeté. Le premier est, de Proslambanomene à Lichanos hypaton D, sol, re: le second de Hypate hypaton ♮ mi, à Hypate meson ou E, la, mi: le troisieme de Parhypate hypaton C, fa, ut, à Par-

Reigles non indignes d'estre notees.

Diapason, de Diatessaron & Diapenté.

Diatessaron douze fois repeté en Disdiapason.

hypate meſon F, fa, ut: le quatrieme, de Lichanos hypaton D, ſol, re, à Lichanos meſon G, ſol, re, ut: le cinquieme, de Hypate meſon E, la, mi, à Meſe, A, la, mi, re: le ſixieme, de Parhypate meſon F, fa, ut, à Trite ſynemmenon b fa: le ſettieme, de Lichanos meſon G, ſol, re, ut, à Trite diezeugmenon, ou Paranete ſynemmenon C, ſol, fa, ut: le huitieme, de Meſe, A, la, mi, re, à Paranete diezeugmenon, ou Nete ſynemmenon D, la, ſol, re: le neuuieme, de Parameſe ♮ mi, à Nete diezeugmenon, ou E, la, mi: le dixieme, de Trite diezeugmenon, ou Paranete ſynemmenon C, ſol, fa, ut, à Trite hyperboleon F, fa, ut: l'onzieme, de Paranete diezeugmenon, ou Nete ſynemmenon D, la, ſol, re, à Paranete hyperboleon, C, ſol, re, ut: & le douzieme Diateſſaron depuis Nete diezeugmenon E, la, mi, à Nete hyperboleon, ou Aa, la, mi, re. Raiſon des douze repeticions de Diateſſaron. *Mais croyez que ceci reſent un je ne ſay quoy de la vertu cachee des nombres. quatre (ſauez vous bien) multipliez par trois, ou trois par quatre, ſont douze, & ces deus nombres ſont compris, voire acompliſſent Diateſſaron, qui contient trois interualles: comme depuis Proſlambanomene juſques à Hypate hypaton, un interualle: depuis Hypate juſques à Parhypate, un autre, & le tiers depuis Parhypate juſques à Lichanos hypaton: & quatre ſons en ſes quatre cordes, comme Proſlambanomene & les trois ſuiuantes. Dauantage, en conſideracion de ces trois interualles, Diateſſaron reſoult ſes quatre ſons en trois eſpeces ou manieres:* Trois eſpeces de Diateſſaron. *deſquelles la premiere eſt,* Premiere eſpece de Diateſſaron. *quand le premier interualle eſt d'un ton, le ſecond d'un demi ton petit, & le tiers d'un ton: comme depuis Proſlambanomene à Lichanos hypaton, ou depuis Lichanos hypaton à Lichanos meſon.* Seconde. *La ſeconde eſt, quand le premier interualle eſt d'un demi ton petit, & les deus ſuiuans chacun d'un ton: comme depuis Hypate hypaton juſques à Hypate meſon, ou depuis*

depuis Hypate meſon juſques à Meſe. La troiſieme eſt du premier & ſecond interualle, chacun d'un ton, & du dernier d'un demi ton petit: cõme depuis Parhypate hypaton juſques à Parhypate meſon: tellement que pour cete reſolucion de trois en quatre ou de quatre en trois, la douzeine lui ſemble eſtre non impertinemment atribuee. Meſme contemplacion peut embellir la deſcripcion de Diapenté, qui s'acomplit par le nombre de neuf, en cinq ſons & quatre interualles: auſſi eſt il repeté neuf fois en l'eſchelle du grand & parfet Syſteme. Le premier lieu eſt de Proſlambanomene à Hypate meſon: le ſecond, de Parhypate hypaton à Lichanos meſon: le troiſieme, de Lichanos hypaton à Meſe: le quatrieme, de Hypate meſon à Parameſe: le cinquieme, de Parhypate meſon à Trite diezeugmenon, ou Paranete ſynemmenon: le ſixieme, de Lichanos meſon à Paranete diezeugmenon, ou Nete ſynemmenon: le ſettieme, de Meſe à Nete diezeugmenon: le huitieme, de Trite diezeugmenon, ou Paranete ſynemmenon, à Paranete hyperboleon: le neuuieme, de Paranete diezeugmenon, ou Nete ſynemmenon, à Nete hyperboleon. Ainſi pouuez vous aisément comprendre cinq ſons au Diapenté: comme au premier, Proſlambanomene, Hypate hypaton, Parhypate hypaton, Lichanos hypaton, Hypate meſon: & quatre interualles ſeulement: aſſauoir trois de chacun un ton, & un d'un demi ton petit, qui ſont entrediſpoſez en quatre manieres, d'ou naiſſent quatre eſpeces de Diapenté. La premiere eſt d'un ton aiouté au deſſus de la premiere eſpece de Diateſſaron: quand l'interualle premier eſt d'un ton, le ſecond d'un demi ton, & les deus autres chacun d'un ton: comme de Proſlambanomene à Hypate meſon, ou de Lichanos hypaton à Meſe. La ſeconde eſt d'un ton aiouté en haut à la ſeconde ſorte de Diateſſaron: quand le premier interualle eſt d'un

Troiſieme.

Diapenté neuf fois repeté au Diſdiapaſon.

Quatre eſpeces de Diapenté.

La premiere.

Second.

d'un demi ton petit, & les trois autres chacun d'un ton, comme de Hypate meson à Paramese. La troisieme est, quand le dernier haut interualle est un demi ton petit, & les trois autres chacun d'un ton, comme de Parhypate meson à Trite diezeugmenon. La quatrieme est, d'un ton aiouté en haut à la troisieme sorte de Diatessaron, quand les deus premiers, & le dernier interualle, sont chacun d'un ton, & le troisieme d'un demi tō petit: comme de Lichanos meson à Paranete diezeugmenon. Reste à considerer Diapason composé de huit sons & de sept interualles, desquels cinq sont tous entiers & deus demi tons petis: & notez qu'ainsi qu'il s'estend en huit sons, il est aussi huit fois repeté au grand Systeme, assauoir de Proslambanomene à Mese: de Hypate hypaton, à Paramese: de Parhypate hypaton, à Trite diezeugmenon: de Lichanos hypaton, à Paranete diezeugmenon: de Hypate meson, à Nete diezeugmenon: de Parhypate meson, à Trite hyperboleon: de Lichanos meson, à Paranete hyperboleon: & le huitieme de Mese, à Nete hyperboleon. Dauantage, ainsi que Diapason enclot sept interualles, aussi est il diuersifié en sept especes. La premiere, estant composée des premieres sortes de Diatessaron & Diapenté, diuisez par Lichanos hypaton, quand le second & cinquieme interualle sont chacun un demi ton petit, & les autres cinq, chacū un ton: comme de Proslambanomene à Mese. La seconde, des secondes sortes de Diatessaron & Diapenté, diuisez par Hypate meson, quand le premier & le quatrieme interualle sont chacun d'un demi ton, & les autres d'un ton: comme de Hypate hypaton, à Paramese. La troisieme, procedant des troisiemes sortes de Diatessaron & Diapenté, diuisez par Parhypate meson, quand le troisieme & settieme interualle sont chacun d'un demi ton petit, & les autres, chacun d'un ton: comme de Parhypate hypaton,

Marginal notes: Troisieme. — Quatrieme. — Diapason huit fois repeté au grād Systeme. — Sept especes de Diapason. — La premiere. — Seconde. — Troisieme.

paton, à Trite diezeugmenon. La quatrieme, engendree des premieres ſortes Diapenté & Diateſſaron, diuiſez par Meſe, quand les ſecond & ſixieme interualles ſont chacun dun demi ton petit, & les autres dun ton : comme de Lichanos hypaton à Paranete diezeugmenon. La cinquieme, des ſecondes ſortes de Diapenté & Diateſſaron, diuiſees par Parameſe, quand un demi ton eſt au premier interualle, & autant au cinquieme, le ton entier rempliſſant chacun des autres interualles : comme de Hypate meſon à Nete diezeugmenon. La ſixieme, compoſee des troiſiemes ſortes Diapenté & Diateſſaron, diuiſez par Trite diezeugmenon, quand les quatrieme & ſettieme interualles ſont chacun dun demi ton, & les autres dun ton : comme de Parhypate meſon à Trite hyperboleon. La ſettieme, formee de la quatrieme ſorte de Diapenté, & de la premiere de Diateſſaron, diuiſez par Paranete diezeugmenon, quand le troiſieme & ſixieme interualles ne ſeſtendent quen un demi ton chacun, & les autres en un ton : comme de Lichanos meſon, à Paranete hyperboleon.

Quatrieme. Cinquieme. Sixieme. Settieme.

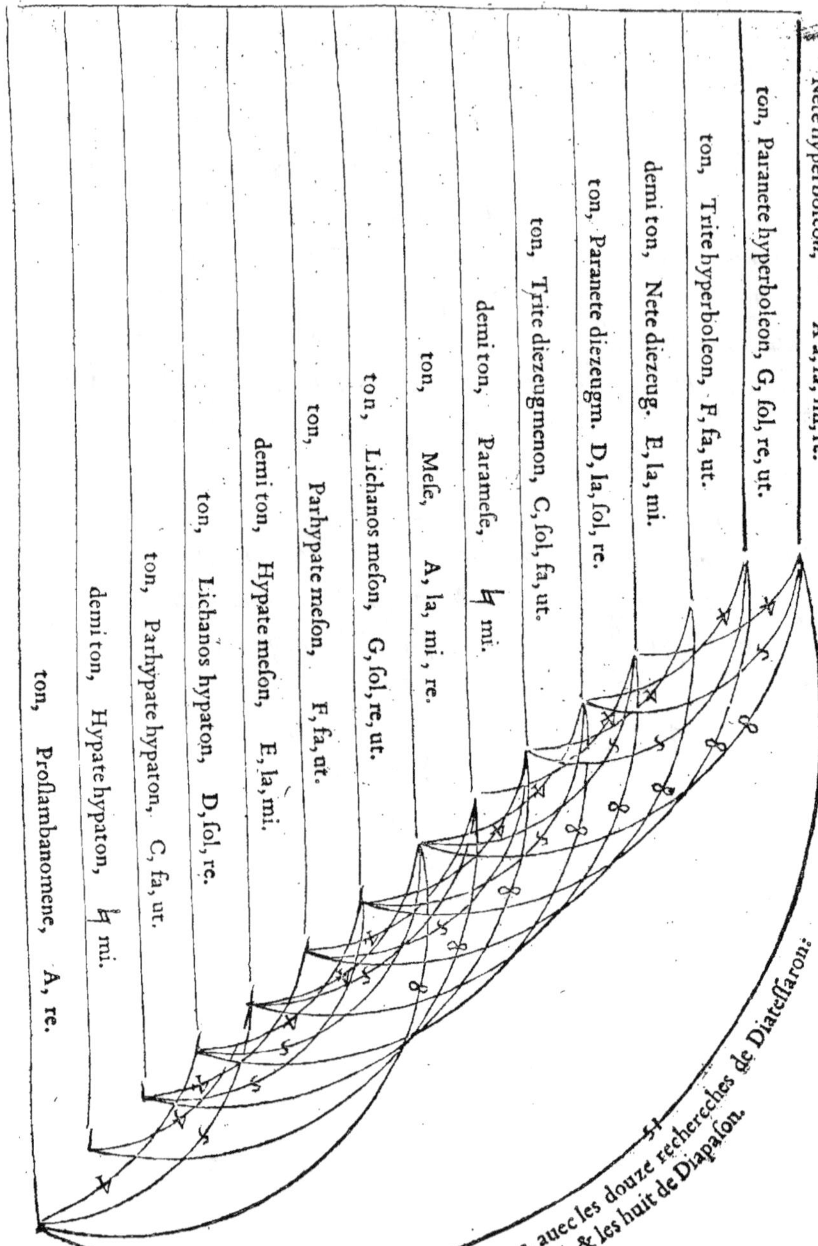

Nete hyperboleon, A a, la, mi, re.

ton, Paranete hyperboleon, G, ſol, re, ut.

ton, Trite hyperboleon, F, fa, ut.

demi ton, Nete diezeug. E, la, mi.

ton, Paranete diezeugm. D, la, ſol, re.

ton, Trite diezeugmenon, C, ſol, fa, ut.

demi ton, Paramefe, ♮ mi.

ton, Meſe, A, la, mi, re.

ton, Lichanos meſon, G, ſol, re, ut.

ton, Parhypate meſon, F, fa, ut.

demi ton, Hypate meſon, E, la, mi.

ton, Lichanos hypaton, D, ſol, re.

ton, Parhypate hypaton, C, fa, ut.

demi ton, Hypate hypaton, ♮ mi.

ton, Proſlambanomene, A, re.

Parfet & immuable Syſteme, auec les douze recherches de Diateſſaron: les neuf de Diapenté, & les huit de Diapaſon.

Quelle est (demanda elle) la cause de cete diuersité ? la diuerse disposicion (lui respondí je) des demi tons, qui, bien qu'ils soient la moindre partie de l'acord, ont toutefois la force de faire mutacion autant de fois qu'ils changent de place : & ce, non autant de fois qu'ils sont en nombre, mais autant de fois que l'acord contient d'interualles : obseruacion euidente aus trois manieres de Diatessaron, qui n'enclot que trois interualles : aus quatre manieres de Diapenté, qui n'en enclot que quatre : & aus sept de Diapason, qui s'acomplit en sept. Tellement que selon le change du lieu des demi tons, l'acord change de sorte : Ioint que tout ainsi que Diapason est formé par Diatessaron & Diapenté, aussi le nombre de ses diuerses manieres est amassé par le nombre des especes de ses deus parties, qui sont, trois & quatre. Ce que j'ay dit toutefois, ne seroit sufisant pour entierement receuable introduccion de Musique, si je n'aioutois : que Diatessaron, combien que de lui, comme premiere consonance, le Systeme parfet tire son acomplissement, n'est logeable en toute harmonie : car si vous composez un Diapason, d'une proporcion d'autant & tiers en bas : & une d'autant & demi en haut, c'estadire du bas à la corde diuisante Diatessaron : & de celle corde diuisante, en haut, Diapenté : ce Diapason ne sera point dine d'estre nommé harmonieuse consonance : pource qu'en toute consonance harmonieuse, la proporcion d'Aritmetique demeure inutile, si la neturelle disposicion n'y est obseruee. Ie m'assure que vous sauez bien, les consonances premieres estre engendrees des proporcions surparticulieres, & que Diapason s'eslieue en son entier estat par l'assemblement de deus moindres consonances. Ie ne doute aussi que ne sachiez le fondement de toute consonance & harmonie, estre la corde basse : Ores ses deus points arrestez, considerons pour exemple la consonance Proslambanomene

Raisõ de la diuersité de ces trois cõsonances.

Cõme par le Diatessarõ un Diapason est harmonieus ou non.

 mene

mene à Mese, quelle est elle, Pasithee ? C'est (respondit elle) un Diapason, procedant de proporcion double. Si vous vouliez (poursuiui je) le faire naitre dun Diatessaron & Diapenté, comment procederiez vous ? Ie separerois (respondit elle) la ligne de Proslambanomene en quatre egales parties, & estendrois en une ligne, qui representeroit Lichanos hypaton, les trois quars : pour la faire contresonner, par proporcion dautant & tiers, Diatessaron contre Proslambanomene : Puis je compasserois Lichanos hypaton en trois, & de deus tiers de sa longueur, estendrois une autre ligne pour Mese, sonnant par proporcion dautant & demi, Diapenté contre Lichanos. Ce faisant (l'interrogáy je) en quel ordre disposez vous les proporcions, desquelles vous auez usé ? La double (respondit elle) est la premiere, suyuie par celle dautant & tiers : & apres est celle dautant & demi. De ces deus (repris je) surparticulieres proporcions dautant & tiers, & dautant & demi, laquelle vous semble plus naturellement procheine & voisine de la double ? Vrayment (dit elle) c'est celle dautant & demi, pource quun tiers aproche plus dune moitié, quun quart. Vous confessez donq (aioutáy je) que la disposicion de ce Diapason par Diatessaron & Diapenté, n'est naturelle, puis que la seconde proporcion est deuant la premiere : aussi n'est il acompli en harmonie requise à sa perfeccion, puis que aus proporcions Aritmeticiennes l'ordre naturel n'est acordé : dou il est encores aisé de comprendre que Diapason-diatessaron n'est pas une consonance harmonieuse. quainsi soit, suiuant l'ordre naturel, la proporcion de Diapason estant double, sa plus procheine est celle dautant & demi, & ne se treuue entre ces deus aucune proporcion dentiere multiplicacion. Ie pren pour exemple 4 6 8, & les donne à Mese : puis je cherche un nombre qui lui soit proporcionné double

Pourquoy Diapason, cõposé d'un Diatessarõ en bas n'est harmonieus.

Pourquoy Diapason-diatessaron, ou l'özieme n'est consonãce harmonieuse.

doublement, c'est 9216, *duquel j'ay tousiours finé Proslambanomene, double de Mese: Donq, voila une proporcion double trouuee entre* 9216, *&* 4608. *Continuons & cherchons la plus procheine proporcion qui est d'autant & demi, pour estre raportee à* 4608, *nombre diuiseur de la double: pour ce faire je diuise* 4608, *en trois, chacune partie contenant* 1536, *& en assemble deus, en conte de* 3072, *marquez en la figure de notre Systeme, au droit de Nete diezeugmenon par proporcion d'autant & demi, sonnant à Mese Diapenté: & à Proslambanomene un Diapason-diapenté par triple proporcion, entre* 9216 *&* 3072, *naissant des proporcions double & d'autant & demi. Mais la proporcion d'autant & tiers, jointe à la double, ne produit pas une proporcion d'entiere multiplicacion: ains une double surpatissante deus troisiemes: comme* 3456, *de Paranete diezeugmenon (en Diatessaron par proporcion d'autant & tiers à* 4608, *contre Mese) sont contenuz par* 9216, *deus fois auec* 2304, *qui sont les deus tiers de* 3456: *tellement que si les nombres sont imparfettement entreraportez, la consonance qui en sort, assauoir un Diapason-diatessaron ou onzieme, n'est pas de moindre imperfeccion. En bonne foy (dit elle) je m'en suis maintefois aperçue, touchant le Lut, & (bien que non si durement, pour la liquidacion ou couuerture des autres acorz) sur l'Espinette. Mais les tierces, sixtes, & autres acorz ordinaires, sont ils indines d'entrer en votre discours? I'estois prest (di je) de vous declairer que les tierces, parfettes & imparfettes, les sixiemes, & autres Diastemes, ont esté connuz, bien que moins usitez, des Anciens: qui n'assembloient tant de diuers acorz que lon ha fait depuis, & qui au premier tems, se contentoient de Diatessaron & Diapenté, pour seulement acommoder à une voix (comme nous disons* Des tierces, sixtes, & autres acorz.

plein chant) la parole, & sauoir discerner par le moyen de ces deus, les modes de chanter, & les especes de Diapason. Qu'ils en ayent ù connoissance, la dimension des cordes du grand Systeme Diatonique en fait foy : par laquelle je vous veus (puis qu'il m'en souuient à ce propos) aprendre à trouuer le demi ton engendré par la diference telle qu'elle est entre 256, & 243, selon le Diapason proporcionné par Chalcide sur le Timee, & mesmes par Platon. Diuisez une ligne en 256 parties, desquelles, estendez en 243, en formant une autre ligne, & vous aurez de cete proporcion surpartissante treize deus cent quarantetroisiemes, un demi ton petit infaliblement : comme sur mon Monocorde vous l'auez oui, par la diuision de la ligne en 17, entre le huitieme & neuuieme point diuiseur, mais d'imparfette connoissance pour le petit espace de l'instrument. Quant aus tierces imparfettes, de trois sons, comme Hypate hypaton, Parhypate hypaton, & Lichanos hypaton : & de deus interualles, d'un demi ton l'un, & d'un ton l'autre : elles sont diferentes des parfettes, closes en trois sons & deus interualles de deus tons : comme de Parhypate hypaton jusques à Hypate meson : & si n'ont emporté le nom de consonances vrayes, à cause de leurs sources tirees de non raisonnables proporcions, & pource qu'elles ont esté trouuees en la composicion des interualles Chromatiques & Enharmoniques, en remplissant par l'estendue d'une corde, un interualle de trois demi tons, ou de deus tons. Bien sont elles entrees en la chantrerie Diatonique, comme touchant harmonieusement l'oreille : mais c'est par une diuision de Diapenté, qui, separé en deus, laisse pour ses deus parties la tierce imparfette, que j'ay nommee Presque-diton, ou Demiditon : & Diton, qui est la tierce parfette de deus tons : desquelles la proporcion est presque telle que de ces trois nombres, 4, 5, 6. Pour exemple de quoy,

Maniere de trouuer le demi tõ par proporcion.

Pourquoy les Tierces impar fet. & parfettes ne sont nommees vrayes consonances.

De quelles proporciõ sõt tirees les deus tierces.

de quoy, je pren Proſlambanomene au nombre 9216, raporté en proporcion d'autant & demi, & ſonnant Diapenté contre Hypate meſon, noté du nombre 6144. La corde partiſſante ce Diapenté eſt Parhypate hypaton, marqué 7776, contreſonnant à Hypate meſon la tierce parfette, deus tons, & à Proſlambanomene un ton & demi, pour tierce imparfette. Meintenant je treuue que la tierce imparfette de Proſlambanomene à Parhypate hypaton, ſourd d'une non raiſonnable proporcion, aſſauoir ſurpartiſſante cinq vintſettiemes, pource que 9216, contiennent 7776, & cinq fois 288, qui ſont cinq vintſettiemes parties de 7776 : En outre, la tierce parfette, de deus tons, procede de deus autant & huitieme : l'une de Parhypate hypaton 7776, à Lichanos hypaton 6912, par diference de 864, huitieme partie de 6912, entre leſquelz eſt un ton : l'autre, de 6912, pour Lichanos, à 6144, pour Hypate meſon, par diference de 768, autre huitieme partie du moindre de ces deus nombres, qui engendrent un ton. Ici nous troubleroit la proporcion de deus autant & huitiemes, qui, tirees de deus nombres diferens, ne ſe peuuent raporter à une autant & quatrieme : en quoy, vrayment, les Muſiciens ſont bien empeſchez. Mais ie treuue un autre moyen pour montrer que ces deus tierces acompliſſent un Diapenté : & repren le nombre qui faiſoit la diference d'ou procede l'imparfette tierce, entre 9216, & 7776, c'eſt cinq fois 288, qui aſſemblez, montent 1440, pour ma premiere tierce : puis pren deus autant & huitiemes de la ſeconde tierce, aſſauoir 864, & 768, qui aſſemblees montent 1632. I'ay donq trouué les nombres 1440, & 1632, eſtre compartiſſans ces deus tierces entre 9216, & 6144. Parquoy j'aſſemble ces deus nombres des diferences, en 3072 : par leſquelz vous voyez clerement que Proſlambanomene contre-

ſonne

sonne Diapenté à Hypate meson, par proporcion d'autant & demi entre 9216, & 6144. De vous entretenir longuement des sixiemes, ce seroit perdre les paroles : car assez facilement comprendrez vous, quelles sont nees d'un ton ou d'un demi ton petit (desquels je vous ay maintefois redit les proporcions) joint à Diapenté. Mais il faut retenir une conclusion necessaire en Musique : que des proporcions surparticulieres doublees, aucune consonance ne peut estre produite : pource que les nombres extremes de telles multiplicacions ne se raportent l'un à l'autre en aucune proporcion : exemple, 4, & 2, sont d'autant & demi : pareillement, 6, & 9 : donq, 4, 6, 9, sont deus proporcions d'autant & demi : & voici que 4, & 9, ne peuuent aucunement estre proporcionnez l'un à l'autre : & de ces deus toutefois naissent deus consonances, Diapenté. Autrement, je figure deus autant & troisiemes, 9, à 12, & 12, à 16, qui sont deus fois Diatessaron, desquels les deus extremes ne reçoiuent aucune proporcion : tellement que la dissonance de deus quartes, ou de deus quintes (c'estadire, une settieme ou une neuuieme) est euidente, si aparemment qu'il n'est besoin d'en chercher autre preuue. Ainsi j'aurois mis fin à ce que je desirois vous faire entendre du Systeme, si je ne creingnois vous laisser un doute de ce mot, duquel ne vous ay encores donné bien entiere connoissance. Sachez donq que simplement Systeme est apelé tout amas & assemblees de diuers interualles, & sons, d'ou procede une consonance harmonieuse : & par cete description Diatessaron & Diapenté sont Systemes. Toutefois sa vraye & plus entiere difinicion est de le prendre pour une harmonie acomplie pour le moins de deus consonances ou acorz : comme Diapason, ou Disdiapason. Il y ha deus sortes de Systemes : car l'un est parfet, mais muable : & l'autre parfet & immuable. Le premier est parfet,

Sixtes ou sixiemes.

Reigle dine d'estre notee pour preuue que la settieme ou neuuieme ne sont cōsonances.

De ce mot Systeme.

Deus sortes de Systemes.

Systeme parfet, & muable.

fet, pource qu'il contient en ſoy les eſpeces de ſa conſonance continue, aſſauoir Diapenté, duquel il ſe treuue des eſpeces entieres dens Diapaſon : mais il eſt muable, pource que (comme j'ay dit) il ſe change en diuerſes ſortes. L'autre eſt parfet (c'eſt Diſdiapaſon) pource qu'il contient ſa conſonance continue, Diapaſon, en toutes les mutacions de ſes eſpeces : & eſt immuable, pource que, ne lui defaillant rien de ſa perfeccion, il ne reçoit qu'une maniere de reuolucion, en laquelle, ſans ſe changer en rien, il ſoufre les mutacions des trois conſonances, Diateſſaron, Diapenté, & Diapaſon : ioint que par témoignage des antiques Muſiciens, outre Diſdiapaſon (l'ordre naturel des multiplicacions n'eſtant point obſerué) toutes les conſonances ſemblent eſtre inutiles. N'eſtimez vous pas (demanda elle) Diapenté eſtre harmonie & Syſteme parfet? il me ſemble que les Muſiciens praticiens le tiennent bien pour tel. Il ne s'enſuit (reſpondí je) que Diapenté, pour eſtre bon acord au jugement de l'oreille, merite nom de perfeccion de Syſteme: car pource qu'il ne s'eſtend qu'en cinq ſons, il n'eſt pas ſufiſant de montrer les trois eſpeces de Diateſſaron, qui toutefois eſt encloz dedens lui, non plus que Diapaſon-diapenté celles de Diapaſon, qui toutefois eſt ſa conſonance continue. Les Anciens (m'interroga elle) ont ils en meſmes noms pourſuiui la dimenſion des autres genres de Muſique, que cete ci? Toute Muſique (reſpondí je) tient pour ſon ſuget les ſons & interualles, & acomplit un Syſteme parfet & immuable en quatre Tetracordes : mais les ſons & interualles plus ou moins eſtenduz ou reſſerrez, baiſſez ou hauſſez, deſcouurent la diference de l'une à l'autre Muſique. Qu'ainſi ſoit, je vous ay montré que le Tetracorde Diatonique, au premier interualle forme un demi ton petit, & aus deus ſuiuans, deus tons : & vous ay dit que le Tetracorde Chromatique ſe continue de

Syſteme parfet & immuable.

Si Diapété eſt Syſteme parfet.

l deus

deus inegaus demi tons aus deus premiers interualles, & dun tiers interualle, qui contient un ton & un demi ton petit. Tellement que la diference de ces deus Tetracordes naiſt de la diferente & diuerſe diſpoſicion de la tierce corde : ce, dont deſia je vous ay entamé le propos, parlant de Lichanos : & pourrois le pourſuiure outre ſi je ne creingnois que le non uſage auquel la Chromatique eſt reduite auioudhui, ne vous deſgouta dèn ouir dauantage. Hors-propos. *Vrayment, Solitaire (dit elle) vous mauez en belle opinion, ſi vous ſoupſonnez que je ne me plaiſe quàus choſes vulgairement communes : & ne ſay dou vous pouuez tirer argument qui me ſoit ainſi deſauantageus, vù que vous ne deuez douter par ma façon de viure, combien le vulgaire mèſt peu à cœur, & comment je mèſtudie aus choſes qui lui ſont moins familieres. Sauroí je (repliquáy je) aſſoir mon jugement ſur plus certeine preuue, que celle que mèn donne la continuelle eſpreuue de moy en vous ? Si vous prenez plaiſir au meſpris des choſes vulgaires, & ſi les plus eſleuees vous demeurent en recommandable deſir, que ne fait en vous mon afeccion, tel efet quèlle merite, prenant ſourſe non baſſe ou commune, mais dùn Amour tel que les ſeruices de mon eſprit vous témoignent en mon continuel eſtude ? & neaumoins un beau reſpet, fondé Dieu ſcet comment, eſteindra mon merite, ſous la merci de. Hee Solitaire (dit elle, me trenchant la parole) ſi vous auez beaucoup d'honneſte amitié, dóy je eſtre ſans bon jugement ? croyez, je vous prie, que votre merite ne peut eſtre eſteint en mon endroit, par un reſpet friuole du commun, & que telle tenebreuſe fumee ne peut mèmpeſcher de voir ce qui reluit en vous : mais croyez auſsi que ne doy tant voir en vous, que jàye la vuë aueuglee en moymeſme. Ce langage demi couuert me tranſportoit au cours de ma complexion, quand elle dùne ſolaire, mais modeſte,*

deste, allegresse de visage me fit sine, que là n'estoit le lieu de sommeiller : réueillez vous (disant) Solitaire, & faites essay si la Chromatique pour n'estre commune ou usitee me desgoutera point : sous condicion qu'une autrefois je vous rendray meilleur conte d'un merite, que vous, possible, à moy, d'une reputacion. A quoy je ne voulus recharger : mais pour lui satisfaire, recommençay. Et bien : je vous disois que par la diuerse disposicion de la tierce corde de chacun Tetracorde (non pas des fredons ou assemblee de diuers acorz, comme croyent quelques uns) procede la diference de la Diatonique, de l'Enharmonique, & de la Chromatique : de laquelle l'entier Systeme se proporcionne ainsi : La corde de Proslambanomene demeure en sa Diatonique longueur : Hypate hypaton & Parhypate hypaton, qui sont les deus premieres du Tetracorde Hypaton, en la leur : mais non la troisieme, qui est Lichanos hypaton. Pour donq trouuer sa diference, je diuise Hypate meson en huit egales parties, ou Lichanos hypaton Diatonique en neuf, car leur diference est d'autant & huitieme proporcion, assauoir une huitieme de Hypate, ou une neuuieme de Lichanos : puis j'esten la longueur de Lichanos hypaton de la iuste moitié de cete sienne neuuieme, ou huitieme de Hypate meson, nommant cete ligne Lichanos hypaton Chromatique. Dauantage, je pren le nombre de Lichanos hypaton Diatonique 6912, ou de Hypate meson 6144, & diuise cetui là en neuf, ou cetui ci en huit, comme en proporcion autant & huitieme, d'ou est un ton sous la diference de 768 : diuisant 768 en deus, & en aioutant une moitié, qui est 384, à 6912, je treuue 7296, pour nombre de Lichanos hypaton Chromatique, diferent de 6144, en Hypate meson, d'une huitieme & une seizieme, d'ou resort un interualle d'un ton & un demi ton egal : ou bien sont en une

La Musique Chromatique.

Cōposicion du parfet Systeme Chromatique.

Chromatique Tetracor. des basses, ou principales.

Maniere de trouuer la troisieme corde.

proporcion ſurpartiſſante trois ſeiziemes, c'eſtadire que le grand contient le petit nombre & trois ſeiziemes d'icelui: comme 19, contiennent 16, & trois ſeiziemes de 16, qui ſont trois: ainſi 7296, contiennent 6144, & trois fois 384: car 384, ſont vne ſeizieme partie de 6144: diference euidente d'une huitieme & une ſeizieme (puis que deus ſeiziemes valent une huitieme) & de laquelle ne peut naitre qu'un ton & demi entre Hypate meſon & Lichanos hypaton Chromatique, qui ſe raporte à Parhypate hypaton ſelon les nombres 7776, en une proporcion ſurpartiſſante cinq ſeptanteſixiemes: car 7776, contiennent le nombre de Lichanos hypaton Chromatique, auec cinq fois 96, qui ſont la ſeptanteſixieme partie de 7296. Il eſt certein que cete proporcion eſt plus grande que celle d'où procede la diference entre Hypate hypaton & Parhypate hypaton: qui nous doit faire entendre que le demi ton, depuis Parhypate hypaton juſques à Lichanos hypaton Chromatique, eſt plus grand que celui depuis Parhypate hypaton juſques à Hypate hypaton. Il faut donq (dit elle) que ce ſoit un grand demi ton, lequel vous auez nommé Apotome. Ainſi l'a il ſemblé aus uns (reſpondi je) & aus autres non: & ce ſus apui d'aſſez fortes raiſons pour l'une & pour l'autre opinion. Toutefois pource que nous auons aiouté ce demi ton Chromatique d'une moitié iuste d'un ton Diatonique, en coupant un autre ton, aſſauoir, uſurpant autant du ton qui eſt depuis Parhypate hypaton juſques à Lichanos hypaton, que contient l'egale moitié du ton diferent de Lichanos hypaton à Hypate meſon: il ſembleroit que ce ton fuſt de deus Diaſchiſmes & un Schiſme, comme vous diriez, moins qu'un Apotome d'un Schiſme, ou, plus qu'une Dieſe d'un Schiſme: ainſi reſonneroit un demi ton egal: & celui qui fait diference entre Hypate hypaton & Parhypate hypaton, ne reſonne qu'un

Demi ton egal Chromatique.

qu'un demi ton petit. Ceci ne conclud point pertinemment: (repliqua elle) car les diferences qui engendrent la diuersité des tons, diminuent tousiours en montant contre Nete: chose aparente aus diferences Diatoniques de Parhypate hypaton à Lichanos hypaton: & de Lichanos hypaton à Hypate meson: qui, en proporcion autant & huitieme, s'eslieuent l'un sur l'autre d'un ton: & toutefois la huitieme partie de la longueur de Hypate meson, n'est pas si longue que la huitieme de Lichanos hypaton: tellement que par dimension Geometrienne vous seriez trompé. Quant aus nombres, je reconnoy bien une egale diuision entre 6144, 6912, & 7776, d'autant & huitieme: mais il ne se peut faire, que la mesme proporcion d'egalacion soit raportee au nombre inferieur, qui est plus grand, cõme il apert euidemment. Respondez moy je vous prie, lui di je: Deus tons, l'un aigu & l'autre bas, n'ont ils pas mesme estendue & continuacion d'interualle harmonieus? Mesme, respondit elle. Si donq (repliquáy je) vous estendez, soit contre bas soit contre haut, la voix, de l'egale moitié d'un ton, plus qu'un ton entier, faut il pas necessairement confesser, que tel interualle se continuera en trois demi tons egaus? Il le me semble, respondit elle. Et si (poursuiuí je) l'on óte d'un ton une egale moitié, que reste il? Un demi ton d'egale moitié, dit elle. Donq (aioutáy je) si vn egal demi ton vient ocuper l'interualle d'un ton, ce qui lui reste est une juste & egale moitié. Vray, confessa elle: mais auez vous pas dit qu'un ton ne se peut egalement mettre en deus? Ie n'ay pas dit (reprins je) qu'il ne se peut, mais que dificilement: & que à peine peut l'humeine voix s'escouler assez disertement, pour en laisser à l'oreille jugement assuré: aussi croí je que la Chromatique, m'alle merci de cete dificulté, est demeuree inusitee en friche. En bonne foy (dit elle) je desirerois que vous prinssiez peine de la cultiuer en quelque ſorte, pour, s'il eſtoit poßible, la reueiller au contentement de ce ſiecle tant heureus en reſtitucion de vie aus diſciplines ſi long tems à peu pres eſteintes & enſeuelies, principalement en cete notre langue. Ie voudrois (dí je) ſous votre commandement embraſſer toute charge, & ne refuſe ce labeur à l'eſſay, ſi le viure me le permet : bien que je n'en eſpere autre heureuſe iſſue, que ce que m'en aportera la preuue de mon obeiſſance en votre endroit, témoignant ma deuocion continuelle. Mais plùt à Dieu qu'un ſigneur Iaques Peletier voulut ſe trauailler en cete partie, comme il fait aus autres Matematiques : car de lui en deuroit on atendre (à mon jugement) ce que notre aage peut. Cela (dit elle) ne vous ſoit empeſche à pourſuiure le propos commencé, qui me ſeruira d'ouuerture pour ce que j'en pourray voir par ci apres de vous, de lui, ou de quelque autre. Ie diſois (pourſuiuí je) que Lichanos hypaton Chromatique eſt diferent de Parhypate hypaton d'un demi ton : & Parhypate, de Hypate hypaton, d'un autre demi ton : qui, bien qu'ils ſoient diferens, ne s'eſtendent toutefois aſſez pour enſemble acomplir un ton : & le preuue ainſi : Le ton, comme j'ay ſouuent dit, procede d'autant & huitieme proporcion. Ie pren donq 8192, de Hypate hypaton, & les raporte auec 7296 : voyez qu'il n'y ha aucune aparence de proporcion autant & huitieme, vù que leur diference eſt de 896, qui ſont moins que la huitieme, & plus que la neuuieme du moindre, d'ou ne peut naitre un ton : eſpreuue laquelle vous aiouterez pour ayde à la reſolucion du doute fait ſur l'interualle entre Lichanos hypaton Chromatique & Parhypate hypaton : & recueillirez le Tetracorde hypaton Chromatique, l'acompagnant de celui des moyennes, duquel il ne faut rien changer que la tierce corde Lichanos meſon Diatonique, nombree ſous 5184, autant & huitieme à Meſe

Iaques Peletier.

Tetracorde des moyennes.

à Mese en 4608, par la diference de 576, que je diuise en deus, & aioute sa moitié 288, aus 5184, de Lichanos meson Diatonique, & en fais 5472, pour Lichanos meson Chromatique, surpassant Mese d'une huitieme & une seizieme, ou d'un ton & d'un demi ton, par proporcion semblable à celle que vous auez vuë en pareil lieu du premier Tetracorde. Reste qu'auec le compas je diuise la longueur qui fait diference entre Lichanos meson Diatonique & Mese, en deus egales parties. Voyez que la troisieme corde est celle seule qui reçoit mutacion, pour de Diatonique faire la Chromatique: car je l'alonge d'une moitié de cete diference, & la nomme Lichanos meson Chromatique, auec ce nombre 5472: ainsi est ce Tetracorde des moyennes transformé Chromatiquement, s'estendant Parhypate meson d'un demi ton Diatonique, ou petit, sur Hypate meson: & Lichanos, sur Parhypate, d'un demi ton Chromatique, c'estadire egal & plus esleué que le premier: & Mese, sur Lichanos, sonnant un ton & un demi ton egal. Encores, s'il ne vous ennuye, formeráy je les autres, suiuant cete mesme façon de proceder. Il vaut mieus (dit elle) que j'essaye si j'auray compris ce qu'auez dit. Lors elle continua la disposicion des deus suiuans Tetracordes, & nota les nombres, & transposa les lignes tierces, Paranete diezeugmenon, & Paranete hyperboleon, comme j'auois fait les deus Lichanos: puis, jugez (me dit elle) si j'ay bien acheué ce Systeme, qu'auiez commencé. Tresbien, Pasithee (consentí je) mais il faut aiouter (dí je, trassant) le Tetracorde synemmenon & alonger sa Paranete, comme les autres, auec acroissement de son nombre d'une moitié de sa diference autant & huitieme, contre Nete synemmenon: à fin que vous gardiez cete figure, du Systeme parfet & immuable, selon la Musique Chromatique.

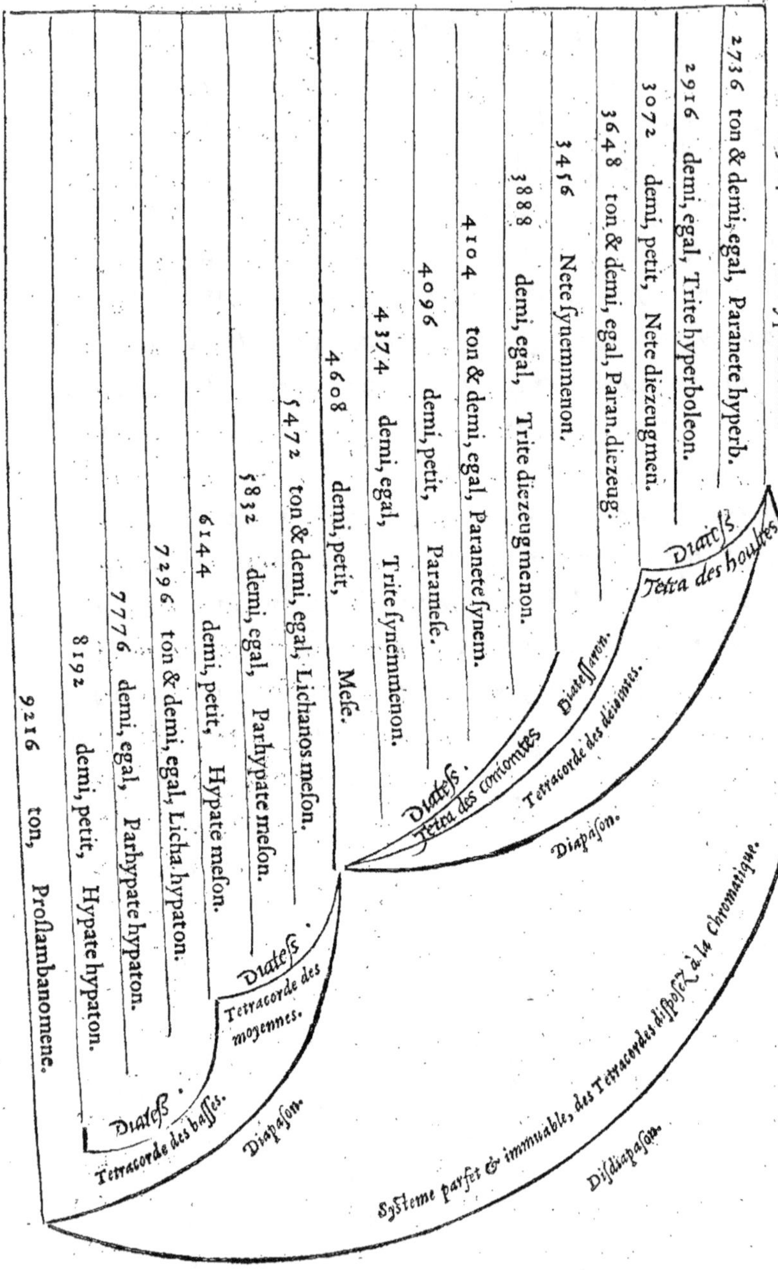
2304 Nete hyperboleon.
2736 ton & demi, egal, Paranete hyperb.
2916 demi, egal, Trite hyperboleon.
3072 demi, petit, Nete diezeugmen.
3648 ton & demi, egal, Paran. diezeug.
3456 Nete ſynemmenon.
3888 demi, egal, Trite diezeugmenon.
4104 ton & demi, egal, Paranete ſynem.
4096 demi, petit, Parameſe.
4374 demi, egal, Trite ſynemmenon.
4608 demi, petit, Meſe.
5472 ton & demi, egal, Lichanos meſon.
5832 demi, egal, Parhypate meſon.
6144 demi, petit, Hypate meſon.
7296 ton & demi, egal, Licha. hypaton.
7776 demi, egal, Parhypate hypaton.
8192 demi, petit, Hypate hypaton.
9216 ton, Proſlambanomene.
Diateſs.
Tetra des hauttes
Diateſſaron.
Tetracorde des disioinctes.
Diateſs.
Tetra des conioinctes
Diapaſon.
Diateſs
Tetracorde des moyennes.
Diateſs.
Tetracorde des baſſes.
Diapaſon.
Syſteme parfet & immuable, des Tetracordes diſpoſez à la Chromatique.
Diſdiapaſon.

Apres

Apres laquelle Olympe, dit on, inuenta l'Enharmonique, encores moins usitee, pour la dificulté qui est à exprimer sensiblement les sons des petis interualles assemblez en la compaccion de ses Tetracordes, que la Chromatique : en laquelle il ne se fait mutacion que d'une corde, qui est la troisieme: mais en l'Enharmonique il en faut changer deus, assauoir la seconde & la troisieme : tellement qu'excepté les deus extremes, qui ne bougent aucunement en quelque sorte de Musique que ce soit, au reste cete est toute diferente des deus autres. Et pour vous en montrer la forme, je commence au Tetracorde hypaton Diatonique : pour lequel transformer Enharmoniquement, je baisse Lichanos hypaton jusques au lieu de Parhypate hypaton, marqué de 7776 : & ce, si vous y prenez garde, un demi ton plus bas que Lichanos hypaton Chromatique, & un ton entier dessous Lichanos hypaton Diatonique : ainsi Hypate meson (immuable en toute Musique) est esleué dessus Lichanos hypaton Enharmonique, de deus tons. Or' puis que nous auons deslogé Parhypate hypaton, il lui faut trouuer place en son ordre, assauoir entre Hypate hypaton & Lichanos hypaton : pour quoy faire, je diuise au compas la diference Enharmonique, de la longueur de Hypate hypaton à celle de Lichanos hypaton, en deus parties egales: & joingnant à la longueur de Lichanos hypaton une moitié de celle diference, je tire une ligne sous le nom de Parhypate hypaton Enharmonique. Reste, que pour lui rendre son nombre, lequel Lichanos hypaton ocupe, je raporte 8192, de Hypate hypaton (immuable en toute Musique) à 7776, apartenant Diatoniquement & Chromatiquement à Parhypate hypaton, & Enharmoniquement à Lichanos hypaton. Voici leur diference 416, de laquelle la moitié est 208, que j'aioute à 7776, pour nombre Enharmonique de Parhypate

Musique Enharmonique : de laq̃lle l'inuécion est atribuee à Olympe.

Deus cordes Diatoniques changees en l'Enharmonique.

Tetracorde des basses, Enharmonique.

Maniere de former la troisieme corde.

Maniere de trouuer la seconde corde.

meson, montant 7984 : demeurant, comme vous voyez, le premier Tetracorde Enharmonique disposé. En bonne foy (dit elle, regardant la figure de ce Tetracorde) vous n'auez pas sans cause allegué la dificulté d'exprimer sensiblement les petis sons Enharmoniques : & deà, en la composicion des Tetracordes Diatoniques & Chromatiques, la diference entre Hypate hypaton & Parhypate hypaton n'est que d'un demi ton petit : que pourra donq resonner cete, r'acourcie d'une moitié ? Un Diaschisme (respondi je) ou, comme il plait à quelques autres, vne Diese Enharmonique : car Diese sinifie tousiours la moindre partie, ou le moindre interualle, d'une sorte de Musique : comme En la Diatonique & en la Chromatique, le demi ton petit est apelé du nom de Diese, pource que c'est le moindre interualle du Tetracorde : & en l'Enharmonique, la moitié du petit demi ton pour mesme raison reçoit un mesme nom aussi. Toutefois je le nomme Diaschisme (pour ne confondre ou obscurcir ce que je vous ay dit) que vous sauez estre la moitié d'un demi ton petit. Lors, ces deus Diaschismes, dit elle, sont ils egaus ? La diference des longueurs, compassee en la ligne (respondi je) vous en fait foy. Oui (repliqua elle) mais des nombres, quoy ? Vrayment je vous veus montrer (di je) que, bien qu'en leurs proporcions il y ait inegalité, il y ha de l'egalité en leurs diferences : pour à quoy venir, je pren le nombre de Hypate hypaton 8192, & l'ayant diuisé en seize, treuue 512, estre sa seizieme partie. Ie diuise de mesme sorte 7984, nombre Enharmonique de Parhypate hypaton (car entre ces deus est un de nos Diaschismes) & treuue pour sa seizieme 499. Reste de juger que les deus nombres nez de cete diuision sont diferens de 13, l'un à l'autre : vû que 512, contiennent 13, auec 499, en proporcion surpartissante treize nonanteneuuiemes, que je ne puis exprimer en

Diese sinifie le moindre interualle du Tetracorde.

Que les deus Diaschismes sont egaus.

en plus gracieus mot, pour vous faire entendre que ce nombre 499, & treize siennes quatre cent nonanteneuuiemes parties, qui sont treize, remplissent 512. Essayons meintenant de trouuer si la diference des deus nombres de l'autre Diaschisme ressemble cete ci. Ie retien 499, seizieme partie de 7984, & rencontre 486, pour la seizieme partie de 7776, nombre de Lichanos hypaton Enharmonique: raportãt 499, à 486, de combien est leur diference? De treize, respondit elle. Voyez donq, poursuiui je, que leurs diferences sont egales, & les proporcions non, estant la proporcion de 512, contre 499, surpartissante treize quatre cent nonanteneuuiemes, & celle de 499, contre 486, surpartissante treize quatre cent octantesixiemes. Telle est la disposicion du Tetracorde Hypaton Enharmonique:

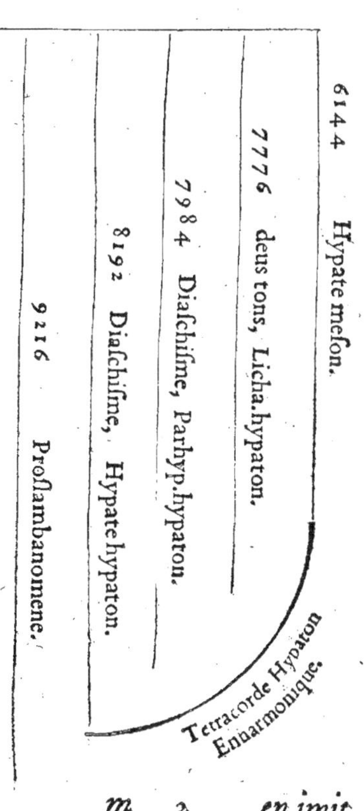

en imitacion de laquelle lon peut composer tous les autres. Toutefois ayant trouué cestui ci, on peut proceder au reste pour acomplir le grand Systeme en cete sorte: je diuise la ligne de Parhypate hypaton Enharmonique en quatre egales parties, & de la longueur de trois quars j'en esten une, sous le nom de Parhypate meson, qui est raportee à l'autre en autant & troisieme proporcion: car celle de Parhypate hypaton contient la longueur auec un tiers de Parhypate meson. Faut meintenant lui donner un nombre, ainsi: Ie diuise celui de de Parhypate hypaton 7984, en quatre parties egales, qui sont 1996, à chacune: desquelles trois assemblees montent 5988, pour estre marqué de Parhypate meson Enharmonique, qui, proporcionné d'autant & troisieme, contresonne Diatessaron à Parhypate hypaton. Vous auez retenu que la quatrieme corde de chacun Tetracorde est immuable, & par cete raison Hypate meson, quatrieme du Tetracorde hypaton, ne change point sa longueur, outre ce que toute premiere corde (comme elle tient tel rang au Tetracorde meson) jouit de ce mesme preuilege. Ie repete ceci à fin que vous voyez desià deus cordes disposees en notre Tetracorde meson Enharmonique: assauoir Hypate meson & Parhypate meson, entr'eslongnees d'un Diaschisme. Reste, pour trouuer Lichanos meson, que je mette en quatre parties egales la ligne de Lichanos hypaton, & qu'aupres de Parhypate meson j'en trasse une en longueur de trois quars de Lichanos hypaton, sous le nom de Lichanos meson, contenu autant & tiercement par Lichanos hypaton, duquel les trois quars du nombre sont 5832: car 7776, contient quatrefois 1944, & trois fois 1944, sont 5832: c'est en proporcion d'autant & tiers d'ou s'engendre Diatessarō entre ces deus. Voyez vous en outre que Parhypate meson, & Lichanos meson, ne sont diferens que d'un

Tetracorde des moyênes.

Maniere de former la secō de corde.

Maniere de former la troisieme corde.

Diaſchiſme, tel que de Hypate meſon à Parhypate meſon? car (ſi des nombres comme du compas il vous plait tirer jugement) 6144, & 5988, ſont diferens de 156, qui eſt auſsi la diference de 5988, & de 5832. Ainſi eſt acheué le Tetracorde meſon, puis que Meſe, ſonnant Diateſſaron contre hypate meſon, tient ici ſon lieu Diatonique. Pourſuiuons le Tetracorde ſynemmenon, à fin que Meſe ſoit conioint. Ie coupe la ligne de Parhypate meſon en quatre, egalement: & de trois quars, j'eſten une ligne aupres de Meſe, pour Trite ſynemmenon, auec 4491, par la diference de ſa tierce partie 1497, raporté en proporcion dautant & tiers (ſonnant Diateſſaron) à 5988, nombre de Parhypate meſon: Apres, j'uſe de meſme façon, pour en proporcion autant & tierce à Lichanos meſon, former Paranete ſynemmenon auec ſon nombre 4374, ſemblable (comme auſsi la longueur eſt une) à Trite ſynemmenon Diatonique & Chromatique: demeurant un Diaſchiſme entre Meſe & Trite ſynemmenon, & un autre entre Trite ſynemmenon & Paranete ſynemmenon, au deſſus de laquelle je tire une ligne pour Nete ſynemmenon, finale de ce Tetracorde, auec un nombre 3456, tout en proporcion autant & tierce contre Meſe, pour clorre le Tetracorde Synemmenon Enharmonique. Mais pour retourner au Tetracorde Diezeugmenon, il faut laiſſer Meſe, & Parameſe, en leurs ſieges Diatoniques, & diſpoſer entre Parameſe & Nete diezeugmenon (touſiours immuables) Trite & Paranete diezeugmenon, en meſme proporcion que j'ay fait celles du Tetracorde hypaton: & continuant la pourſuite, en alongeant les troiſieme & ſeconde cordes du Tetracorde Hyperboleon, en meſme proporcion que j'ay fait pour le Tetracorde Meſon. En diſcourant je traſſois, & aſſez ſoudeinement lui fiz voir une figure du Syſteme entier Enharmonique:

Tetracorde Synemmenō, ou des conioint es.

Maniere de trouuer la ſeconde corde.

Maniere de former la tierce corde.

Maniere de former la quatrieme corde.

Les deus haus Tetracordes.

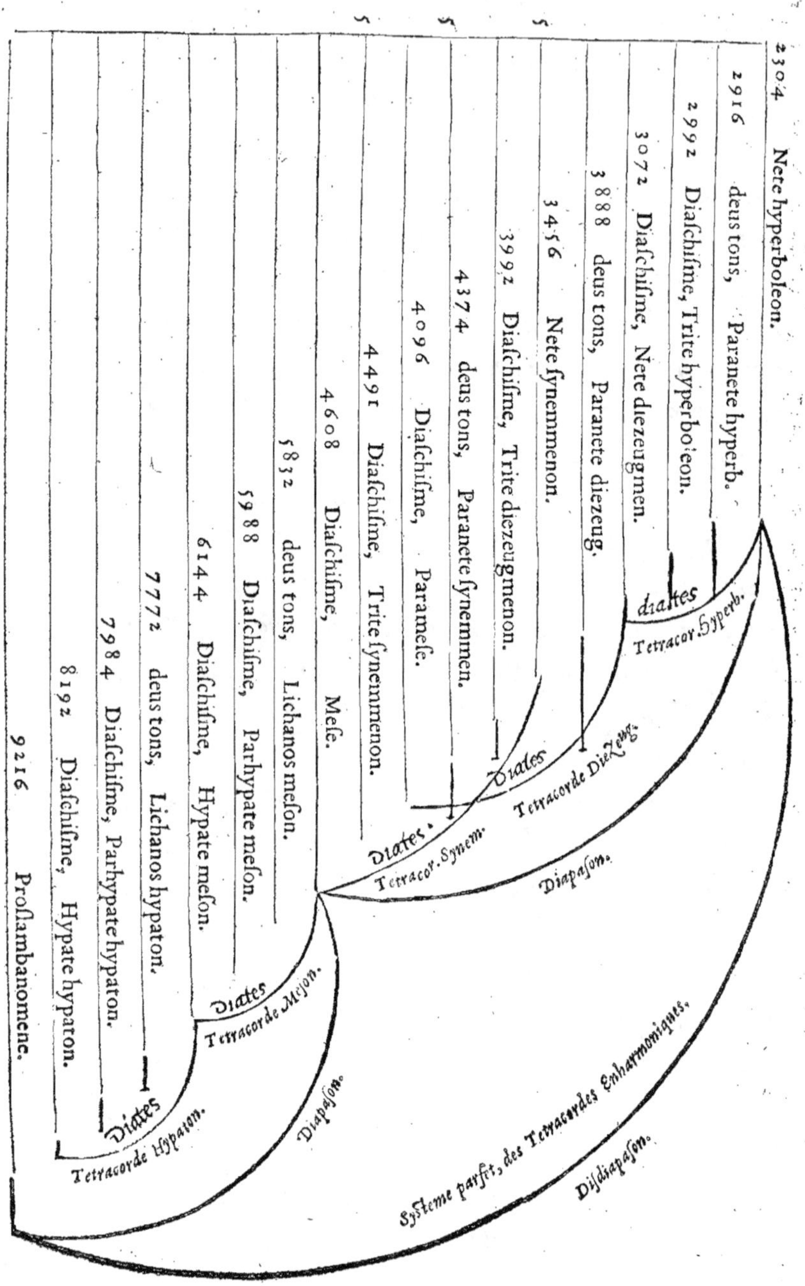

2304 Nete hyperboleon.
2916 deus tons, Paranete hyperb.
2992 Diaſchiſme, Trite hyperboleon.
3072 Diaſchiſme, Nete diezeugmen.
3888 deus tons, Paranete diezeug.
3456 Nete ſynemmenon.
3992 Diaſchiſme, Trite diezeugmenon.
4374 deus tons, Paranete ſynemmen.
4096 Diaſchiſme, Parameſe.
4491 Diaſchiſme, Trite ſynemmenon.
4608 Diaſchiſme, Meſe.
5832 deus tons, Lichanos meſon.
5988 Diaſchiſme, Parhypate meſon.
6144 Diaſchiſme, Hypate meſon.
7772 deus tons, Lichanos hypaton.
7984 Diaſchiſme, Parhypate hypaton.
8192 Diaſchiſme, Hypate hypaton.
9216 Proſlambanomene.

ſur laq

sur laquelle quelque tems ayant tenu l'œil arresté : vrayment (dit elle) je ne say qui m'ocupe le plus, ou l'admiracion de tant excellentes consideracions, en la recherche d'un suget qui semble à plusieurs fortuit, & non raisonnable : comme qui croiroit les consonances se creer indiferemment par temeraires rencontres de sons, en mode d'Atomes Democritiques en la compaccion du monde : ou le regret de si chere perte, qu'est l'usage de tant gracieuse Musique. Tresgrande (di je) en est la perte : & telle, que la negligente incuriosité, nourrie par les hommes de quelques siecles passez, seroit inexcusable, si l'incertitude, laquelle les sens corporelz retiennent aus jugemens des choses peu diferentes selon leurs sugez, ne seruoit de couuerture : eu principalement egard aus disposicions de l'humaine nature, qui ne produit, que rarement, les hommes en perspicacité & sagacité acomplie. Combien peu d'accidens interieurs ou exterieurs faut il, pour empescher que la personne au toucher ne puisse discerner vrayement une diference (si elle est de bien peu) entre deus chaleurs procheines ? Comment est le gout facilement trompé au chois des viandes, si elles ne sont qu'un bien peu dissemblables ? Et des odeurs, auec quelle dificulté peut on juger les procheines diuersitez ? car de la vuë, il est assez descouuert combien le jugement est deceuable, en ce qu'elle mal aisement comprent les aprochantes & petites diferences des couleurs emmellees. Trouuerons nous donq estrange, entre si familieres imperfeccions, que l'ouïe demeure stupide, ou, du moins, mal assuree, à raporter au vray les diuers interualles diferens de si petite estendue qu'est une quarte, ou moindre partie d'un ton ? Il faut confesser, Pasithee, qu'en obget de petite montre est requise la perspicacité plus grande, non seulement des sens, mais encores de l'intencion spirituelle : & ne fais point de doute, que quelques artisans de Musique

Hors propos.

Fragilité des sens corporels

Le Touchement.

Le Goust.

Le flairer.

La vuë.

L'ouïe.

Musique se soient rencontrez dassez delicate oreille, pour conceuoir un Diaschisme : & toutefois, le defaut de sauoir, le peu de connoissance, & la negligence de rechercher, ha rendu leur capacité inutile : comme, au contraire, en la plus part des sauans, & desireus, ausquels la spirituelle intencion est tres viue, le corporel sentiment tout morne, demeure incapable déstre excercité à son deuoir. Ie croy, en bonne foy, qúun grand nombre de ceus qui ont escrit la Musique, ne surent onques entonner un vray ton : comme außi la plus grande partie de ceus qui chantent, voire qui composent (ainsi nomment ils pratiquer les acorz) ne surent onques en quelles proporcions se raportent les uns aus autres tons. Außi, pour ne plus eslongner mon propos, vous áy je dit, les Chromatique & Enharmonique, à cause de leur dificulté sur les diferences des interualles, estre euaporees auec les contemplacions perdues : Bien qúil me semble, qúauec assez legere peine déssay, lon trouueroit ouuerture à lúsage : puis que la Theorique ne nous est du tout inconnue, grace des Matematiciens, qui, supplians le fraile jugement & l'incertitude des sens, ont trouué les nombres, les poix, & les mesures: à ayde de quoy les moindres diferences sont aperçues. Lors croy je (print elle la parole) se montreroient les rares efets de la Musique : lors verroit on les paßions, par ces dous rauissemens, esmues & apaisees. Usse je tant d'heur (aioutáy je) que rencontrer léfet auquel j'aspire, pour vous en donner plaisir, &, à mon auantage, faire naitre quelque afeccionnee émocion en votre cœur : en ce cœur, Pasithee, dens lequel, mon ardeur ne peut allumer le feu, duquel votre honnesteté pourroit ardoir auec celui qui me consume. Et si tant estoit votre opinion obstinee, que je ne pusse la mouuoir de sa place : la douceur, au moins, de la chanson vous contreindroit dóuir, & máfranchiroit de la loy

Profit des Matematiques.

donnee

donnee par votre rigueur à mes pleintes. Ie veus dire, que telle ocasion m'aporteroit liberté de compleindre, contre votre defense : & exhalant ma peine deuant vous, ouuriroit la porte de l'ouie, par laquelle la pitié, poßible, auroit entree, auec la connoissance de mon afeccion. Meintenant j'inuoquerois l'assurance, & l'esperance, ces deus corriualles, Pasithee, que tous Amans adorent : meintenant je chasserois le soupson qui me gele, & tromperois ainsi doucement mes pensees. Pendant que je m'égarois en ce souhait, elle ayant la figure du Systeme Enharmonique en main, feingnoit (croy je) de ne m'entendre: puis m'entrerompant la parole, comme d'un soudein resouuenir de quelque chose oubliee : Mais je vous prie, Solitaire, dites moy : la Musique ne receuoit elle anciennement autres diuersitez que la Diatonique, la Chromatique, & l'Enharmonique, ainsi que vous les m'auez montrees ? Ne voulant preferer le plaisir de ma paßion à la satisfaccion de sa demande, je respondis : Pour vous en dire quelque chose qui ne vous ennuyra, puis qu'il vous plait d'en ouir dauantage, je remets en memoire, qu'entre les diuerses opinions des anciens Rechercheurs de Musique, Boëce (lumiere de la Latine Filozofie) raconte une diuision du Ton, inuentee par Aristoxene : pour laquelle il faut imaginer qu'un Ton contienne ce nombre, 24 : car sans les nombres, il est fort dificile (n'en desplaise à ce mesme Aristoxene, qui tousiours n'a esté de cet auis) d'y aperceuoir les diferences & diuisions. Le Ton, donq, reçoit quatre diuisions de son entier. La premiere, en deus egales parties, chacune de 12, nommees demi tons egaus, tel qu'est le plus haut des deus demi tons Chromatiques. La seconde, en trois egales, chacune de 8, nommees Dieses de la Chromatique molle. La troisieme, en quatre egales, chacune de 6, nommees Dieses Enharmoniques. La quatrieme, en

[Margin notes: Boëce. — Diuision d'un ton. — Aristoxene. — Le ton diuisé en quatre sortes. — La premiere. — La seconde. — La troisieme. — La quatrieme.]

huit egales parties, chacune de trois : & cetes sont sans nom expres, pource qu'elles n'entrent toutes seules en aucune espece de Musique, & ne seruent qu'en conionccion de quelque Diese : assauoir, quant à la quarte partie d'un ton, qui est 6, on aioute une huitieme, qui est trois, d'ou il s'engendre une Diese du Chrome, d'autant & demi. Et à fin que cete diuision ne semble inutile, puis que nous n'auons rencontré toutes ces parties de ton aus trois manieres de Musique alleguees, faut sauoir que la façon Diatonique peut estre de deus sortes, & la Chromatique de trois. Quant à l'Enharmonique, elle ne reçoit aucune diuersité : qui sont six, reconnues sous ces noms, Diatonique estendue, Diatonique molle, Chromatique entonnee, Chromatique d'autant & demi, Chromatique molle, & Enharmonique : desquelles pour vous faire voir la diference, je presupose (ce que vous sauez assez) que le Tetracorde est tousiours composé de quatre cordes, & de trois interualles : & que les trois interualles ne s'estendent plus ou moins que deus tons & un demi ton, ou de pareille valeur, comprise au nombre 60, vù que le ton vaut 24, & le demi 12, & que deus fois 24, & une fois 12, montent 60 : cela donq soit tenu pour infalible : comme il apert au Tetracorde Diatonique estendu, duquel j'en forme la figure Hyperboleon, qui est d'un demi ton entre Nete diezeugmenon & Trite hyperboleon, ou je marque 12 : un ton depuis Trite hyperboleon jusques à Paranete hyperboleon, ou je marque 24 : un autre ton depuis Paranete hyperboleon jusques à sa Nete, auec 24, qui acomplissent 60, & le Tetracorde de la premiere espece Diatonique.

Six sortes de Musique, par la diuersité des trois sus escrites.

Le Tetracorde sous ce nõbre 60.

Exemple de la Diatonique estendue.

Nete

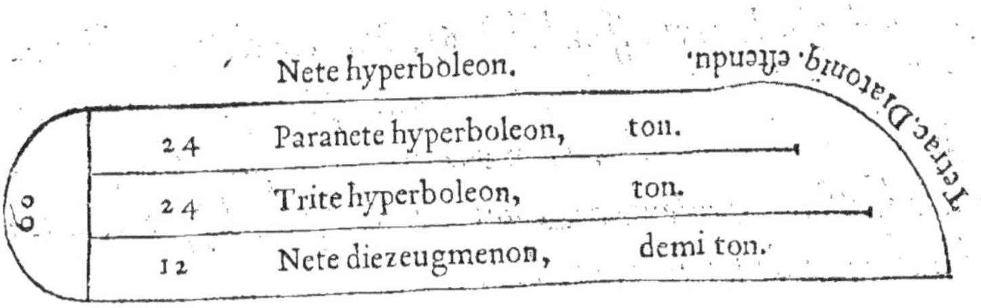

Nete hyperboleon. — Tetrac. Diatoniq. estendu.

60			
24	Paranete hyperboleon,	ton.
24	Trite hyperboleon,	ton.
12	Nete diezeugmenon,	demi ton.

La seconde est Diatonique molle, de laquelle je forme une figure en ce mesme Tetracorde, estendant moins la ligne de Trite hyberboleon que celle de Nete diezeugmenon d'un demi ton, noté 12 : & Paranete hyperboleon, moins que Trite d'un demi ton & la quarte partie d'un ton, noté 18 : & celle de Paranete hyperboleon, un ton & quart contre Nete hyperboleon, marqué 30. Assemblez 12, 18, & 30, vous trouuerez le nombre sexagenaire de ce Tetracorde.

Exemple de la Diatonique molle.

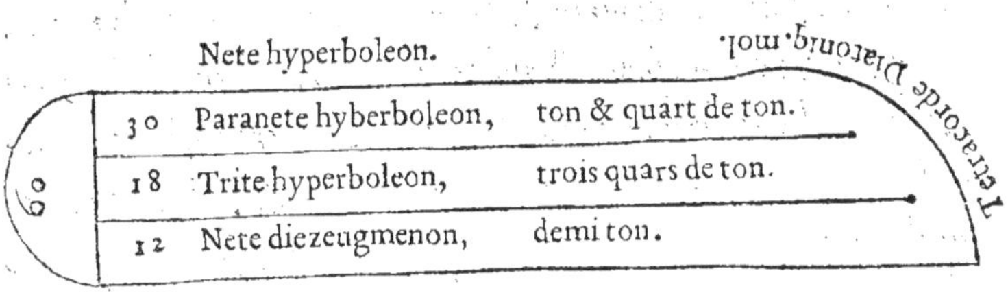

Nete hyperboleon. — Tetracorde Diatoniq. mol.

60			
30	Paranete hyberboleon,	ton & quart de ton.
18	Trite hyperboleon,	trois quars de ton.
12	Nete diezeugmenon,	demi ton.

La troisieme mutacion de Musique est la Chromatique entonnee, laquelle j'acompagne de ce surnom pource qu'en sa disposicion, les diferences aprochent plus pres de la resonance d'un ton, qu'aucune autre maniere de Musique épessie, c'est-à-dire, qu'aucune espece de Musique en laquelle l'interualle haut, contienne plus que les deus bas : comme en cete Chromatique, formee ainsi d'un Tetracorde composé d'un demi ton, depuis Nete diezeugmenon jusques à Trite hyperboleon, noté 12 : d'un autre demi ton de mesme nombre, depuis Trite hyperboleon jusques à Paranete hyperboleon : & d'un ton & demi ton, depuis Paranete hyperboleon jusques à Nete,

Exemple de la Chromatique entônee.

Que c'est que Musique épessie.

nombré 36, le tout assemblé à 60. En cete ci, voyez l'interualle haut de trois demi tons, contenir plus que les deus bas, qui ne sont que d'un demi ton chacun : pourquoy elle est nommee épesse, à la diference des Diatoniques, desquelles le ton haut n'excede les deus tons bas.

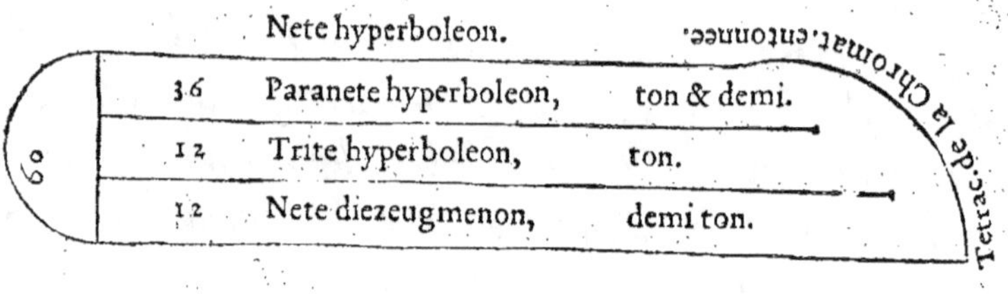

Nete hyperboleon. — Tetrac. de la Chromat. entonnee.

60			
36	Paranete hyperboleon,	ton & demi.
12	Trite hyperboleon,	ton.
12	Nete diezeugmenon,	demi ton.

Exemple de la Chromat. d'autãt & demi.

La quatrieme maniere est la Chromatique d'autant & demi épesse, pour ce qu'entre Nete diezeugmenon & Trite hyperboleon, sont une quarte & une huitieme partie d'un ton, marquee 9 : & mesme estendue entre Trite hyperboleon & Paranete hyperboleon : mais depuis Paranete jusques à Nete de ce Tetracorde, est l'interualle d'un ton & demi auec une quarte partie, marqué 42. Assemblez deus fois neuf auec 42, ce sont 60.

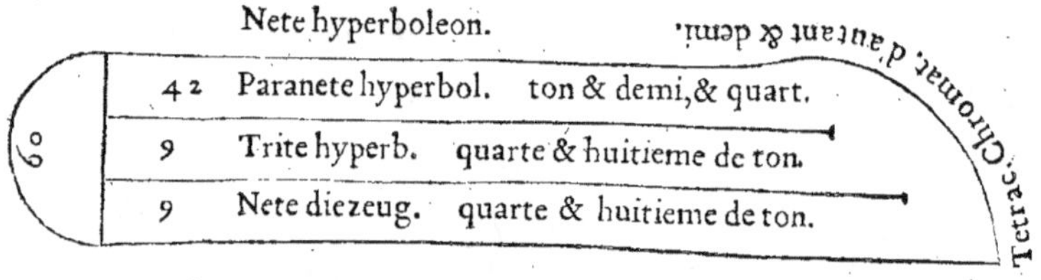

Nete hyperboleon. — Tetrac. Chromat. d'autant & demi.

60			
42	Paranete hyperbol.	ton & demi, & quart.
9	Trite hyperb.	quarte & huitieme de ton.
9	Nete diezeug.	quarte & huitieme de ton.

Exemple de la Chromatique molle.

La cinquieme est Chromatique molle, ayant ses deus bas interualles chacun de la tierce partie d'un ton, notez 8 : & le haut de Paranete hyperboleon à sa Nete, d'un ton & demi, auec un tiers, nombré 44, pour auec deus fois 8, faire 60.

Nete

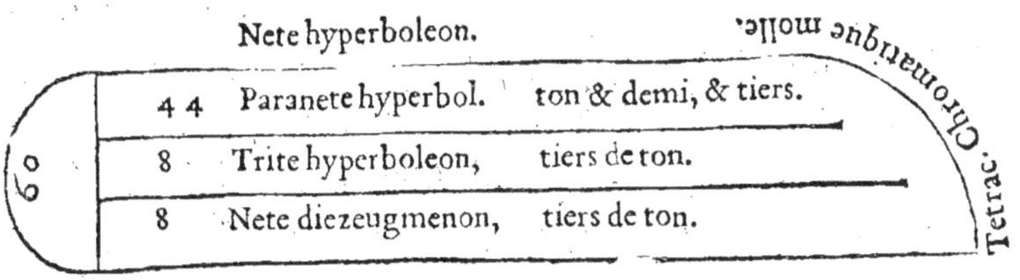

		Nete hyperboleon.		
60	44	Paranete hyperbol.	ton & demi, & tiers.	Tetrac. Chromatique molle.
	8	Trite hyperboleon,	tiers de ton.	
	8	Nete diezeugmenon,	tiers de ton.	

Et la sixieme est l'Enharmonique, telle que je vous ay montré: assauoir, composee de deus quars de ton en ses deus bas interualles, que vous marqueriez 6: & deus tons au plus haut, noté 48, montant le tout à 60, pour acomplissement dun Tetracorde.

Exemple de l'Enharmonique.

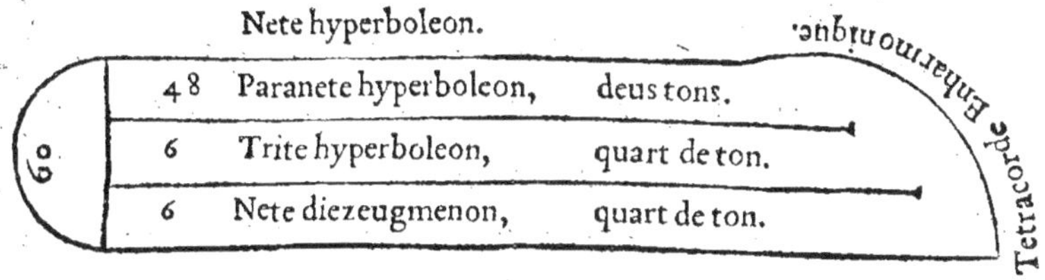

		Nete hyperboleon.		
60	48	Paranete hyperboleon,	deus tons.	Tetracorde Enharmonique.
	6	Trite hyperboleon,	quart de ton.	
	6	Nete diezeugmenon,	quart de ton.	

Ainsi voyez vous en ces six anciennes disposicions de sons diuers, les Tetracordes estre tousiours remplis dune mesme estendue par 60, mépartis diuersement. Ie n'ose pas (dit elle) pour chef d'euure de mon aprentissage, blamer l'opinion d'Aristoxene: mais si me semble il que la Chromatique dautant & demi est impertinemment surnommee: vu que les interualles ne sont aucunement raportez en telle proporcion: & meriteroit mieus ce nom la Cromatique entonnee, de laquelle le plus grand interualle contient les deus moindres & leur moitié: comme en 36, sont contenuz 24, & 12: ou, deuroit ainsi estre apelee la Cromatique molle, en laquelle les deus petis interualles se raportent à un ton entier, comme 16, à 24, en proporcion dautant & demi. Et la vaudroit mieus nommer dautant & tiers, pource que les deus petis interual-

La Chromatique d'autant & demi semble mal nommee.

les ſont ainſi proporcionnez à un ton, comme 18, à 24. Ie n'ay pas (lui reſpondi je) mis en auant cete diuerſité pour aprouuee: mais ſeulement pour vous donner plaiſir au recit de l'antique Muſique. Auſsi n'a rencontré l'opinion d'Ariſtoxene aſſez de faueur, pour demeurer autoriſee de ceus qui lui ont ſuccedé: qui, au contraire, l'ont combatue, par meintes raiſons, peu neceſſaires de vous venir en connoiſſance: vû que la recherche en eſt chere & dificile, & le fruit bien petit. Laquelle toutefois je vous feray voir quand vous m'aurez commandé de recueillir en un corps tout ce qu'on peut (ſi ma diligence y ſufit) en ce tems rencontrer des membres eſpars de ceſt antique ouurage: comme les diuerſes opinions ſur le compartiment & entremutacions des Syſtemes Diatoniques, Chromatiques, & Enharmoniques, par diuers Filozofes: qui, ſe confians en certeine proporcion recherchee, & (osé je dire) acommodee, ou ſupoſee ſelon leurs volontez, ſans aucune preuue ou témoignage d'experience, ſont tombez en erreur. Et vrayment ſi l'uſage & l'excecucion uſſent acompagné les deſſeins imaginez, ils uſſent connu, que la Muſique ne reçoit fondement de ſa verité, que par un aſſemblé conſentement des ſens, & de la raiſon: & que dificile eſt le témoignage lequel l'humeine curioſité ne portera jamais par la voix, mais bien par la diſpoſicion des tuiaus de matiere ſolide, & cordes plus flexibles pour eſtre eſtendues ou laſchees en ton aigu ou graue à la volonté de celui qui les manie. Ie di ceci, Paſithee, à fin que vous ne me ſoupſonniez negligent de vous obeïr en cete part. Mais puis que le ſuget, lequel vous m'auiez donné pour employer ces heures, requiert preſque autant d'actuelles demonſtracions & preuues d'efet ſenſitif, qu'il ha de propoſicions, en raiſon intellectuelle: j'ayme mieus m'exempter d'un entretien malgracieuſement entrerompu, à cauſe de ſa diuerſité

diuersité, & me charger de vous en escrire la science, en stile propre à telle intencion. Ainsi que j'acheuois ce propos : là bas (me vint on dire) est un gentilhomme qui vous demande : m'estant enquis, & ayant sû que c'estoit le Curieus, car de ce nom je veus masquer un gentilhomme, mien parent, diligent amateur de toutes disciplines : j'auray (m'adressant à Pasithee) grand contentement de le voir : mais si me déplait il beaucoup, que sa venue me retire de votre compagnie. En bonne foy (dit elle) si vous n'auez quelques afaires ensemble, de trop serieuse importance, vous me ferez plaisir de commander ceans qu'on le prie d'entrer. Ce que je fiz. Lors, Pasithee l'ayant reçu : & apres quelques reciproques paroles gracieuses de l'un à l'autre : le Curieus voyant la table empeschee de nos figures, j'auray pensé (dit il) estre ce jour doublement heureus, jouissant de compagnie tant louable, & j'auray esté doublement ennuieus, empeschant importunément quelque votre discours commencé : car ces figures Musiciennes font assez foy, de quel entretien vous vous seruiez l'un l'autre. Le Solitaire (respondit elle au Curieus, m'entreregardant) est tant coutumier d'employer les heures ausquelles il m'honore de sa visitacion, en paroles acompagnantes le proufit du plaisir, qu'en la perte d'une ocasion, il me resteroit assez d'esperance d'y recouurer une autrefois : Mais ce n'est de votre part que je puis perdre, Curieus, qui par le diuers estude, auez aquis une doctrine tant meslee, que, sur le plus friuole suget, vous trouueriez un grand argument de bien dire. Ie suis (lui respondit il) assez connoissant combien trop votre parole est fauorable à mon merite : & me tien pour tresassuré que le Solitaire n'épargne aucune partie de son esprit, pour empescher que le tems ne vous dure : aussi l'obget de tant de rares graces desquelles vous estes acomplie, pourroit émouuoir la plus muette solitude à deuenir diserte

Hors-propos.

ſerte & acointable : mais permettrez vous, que ſous ſes paroles ſuperflues, me ſoit cachee l'intencion de cete aſſemblee doutilz ? Ce ſont (lui di je) les petis ferremens, auec leſquels Paſithee s'agence. Voila (aiouta il) une louable façon de s'embellir : Et je vous prie (ſouriant, & tenant le compas) à quel uſage cetui ? A la voix, reſpondit Paſithee. Ha, vrayment (repliqua il) je ſuis en admirable main, qui ſcet compaſſer les choſes inuiſibles. Vous trouueriez bien plus eſtrange (dit elle) que les choſes pures intellectuelles fuſſent en meſme épreuue : vù que la voix, plus que demi corporelle, vous tire en ébahiſſement. Ie voudrois que fuſsiez arriué une heure pluſtot, à fin que le Solitaire vous uſt fait voir ſous le compas, la voix viſiblement diuiſee. I'enten bien (le Curieus reprenant la parole) que vous eſtiez aus termes de Muſique : & ſuis marri de n'en auoir oui l'opinion du Solitaire, auquel je ne donneray la peine meintenant de redire, pour ne vous ennuyer tous deus, ſi eſt ce que je ſaurois volontiers, quelle mode de chanter lui eſt plus agreable. Votre demande (lui reſpondi je) eſt telle que requiert le diſcours auquel je m'apreſtois alors que vous eſtes venu, ſi à propos, que vous meſmes nous ayderez à demeller la confuſion engendree par tant de diuerſes opinions, pour, ſi nous n'en rencontrons une ſeure reſolucion, au moins donner le plaiſir de la diuerſité à Paſithee. Elle fit aporter un ſiege au Curieus : & apres que nous fuſmes aſsis, je dis : Auez vous ſouuenance, Curieus, d'un certein nombre de modes de chanter, auquel l'antiquité ſe ſoit arreſtee ? Il eſt (reſpondit il) tout vulgaire entre les doctes, que les Anciens auoient en tresfrequent uſage, la Dorienne, la Phrygienne & la Lydienne : deſquelles la ſourſe ne doit eſtre atribuee qu'aus peuples d'ou elles ont tiré le nom. Encores ſe treuuent une Eolienne, & une Iaſtienne, par leſquelles ils eſmouuoient diuerſement

Des modes de chanter, ſelon les Anciens.

uersement les escoutans. Car la Dorienne (à l'opinion des uns) estoit propre aus religieuses deuocions : la Phrygienne, estoit guerriere : la Lydienne, pleintiue : l'Iastienne, variable & fredonnee : l'Eolienne, simple. Depuis, à la Lydienne, par Saphon, fut aioutee une Mixolydienne, ainsi nommee, pource qu'elle est entremellee à la Lydienne. Mais je vous prie (dit Pasithee) faites moy entendre, que sinifie tout ceci. Ie ne veus (respondit il) décharger le Solitaire de son deuoir : & puis qu'à ce que j'enten il s'en aprestoit, le prie de poursuiure ce qu'il auoit deliberé vous en dire. Apres un commandement de Pasithee: les plus Antiques vrayment, (di je) chantoient ou à la Dorienne, ou à la Phrygienne, ou à la Lydienne Mode : acommodant les basses voix à la Dorienne, les moyennes à la Phrygienne, & à la Lydienne les hautes & aigues : ausquelles (ainsi qu'a dit le Curieus) fut, par la Lesbienne Saphon, aioutee une Mixolydienne, en faueur du nombre acompli des quatre Tetracordes. Quant à ce mot Mode, il est en mesme usage entre les Latins, soit pour maniere, façon, ou autre telle sinificacion, qu'il est des long tems reçu en notre langue, combien que les Musiciens vulgaires dauiourdhui (je le di sans pique) sous assez friuole raison, apelent cete diuersité de chanter, Ton, ou premier, ou second, jusques à huit : desquelz auant que rien dire, je ne veus oublier les proprietez des quatre Modes premieres. La Dorienne, plus graue & pesante, emporta quelque tems la faueur entiere de tous : & ce, lors que les hommes plus simples (& possible meilleurs) n'aprouuoient aucunement les obscures sutilitez : mais sans feintise tenoient tout en euidente & pure simplicité, à quoy la Dorienne estoit trespropre, pour sa constante grauité, continuee dedens le Diapason de Lichanos hypaton à Nete synemmenon, ou Paranete diezeugmenon. De-

La Dorienne.

La Phrygienne.

La Lydienne.

L'Iastienne.

L'Eolienne.

Mixolydiẽne.

Quatre Modes premieremẽt usitees entre les Anciens.

Du mot Mode : entre les Grecs τρόπος, ou τρόπος.

Dorienne.

Phrygienne. *puis, que la facile humanité rendit les hommes plus acointables & gracieus, vindrent en cours les autres, selon les diuerses afeccions : car la Phrygienne, propre à l'irritacion de la colere des plus seueres discrets, continuant ses sons au Diapason, depuis Hypate meson jusques à Nete diezeugmenon, fut usitee des uns : pendant que les autres esmouuoient les plein-*

Lydienne. *tes & lamentacions par la Lydienne, continuee au Diapason de Parhypate meson à Trite hyperboleon : ou les autres,*

Mixolydiéne. *plus estrangement, à la Mixolydienne esmouuoient & apaisoient les passions, en la variacion du Diapason de Lichanos*

Trois Modes aioutees à ces quatre. *meson à Paranete hyperboleon. Cela ne sufit au desir des Musiciens, qui aiouterent à ces quatre Modes, trois, surnom-*

ὑπὸ, dessous. *mees comme les autres : excepté, ὑπὸ, qu'ils acouplerent : assauoir à la Dorienne, Hypodorienne (nous dirions Sousdorienne, & ainsi des autres) à la Phrygienne, Hypophrygienne, & à la Lydienne hypolydienne. Tellement que la disposicion de ces Modes de chanter, estoit conduite selon l'ordre*

Sousdoriéne. I *des sortes de Diapason, contenant la Sousdorienne le Diapa-*

Sousphrygienne. II *son de Proslambanomene à Mese : la Sousphrygienne, le Diapason de Hypate hypaton à Paramese : la Souslydien-*

Souslydiéne. III *ne, le Diapason de Parhypate hypaton à Trite diezeugme-*

Dorienne. IIII *non : la Dorienne, de Lichanos hypaton à Paranete die-*

Phrygienne. V *zeugmenon, ou Nete synemmenon : la Phrygienne, depuis*

Lydienne. VI *Hypate meson jusques à Nete diezeugmenon : la Lydienne, s'estendant au Diapason de Parhypate meson à Trite hyper-*

Mixolydienne. VII *boleon : & la Mixolydienne, de Lichanos meson à Paranete hyperboleon. Cetes sont les sept Modes qui comprennent toutes les varietez de chanter, à cause de leur contraire disposicion, qui par une secrette energie, esmeut contraires passions.*

Des sept Modes, quatre principales, & trois sugettes. *Aussi de ces sept, les quatre dessus sont nommees de ceus qui les ont escrites, Autente, & les trois dessous, Collaterales, ou*

Plagij.

Plagij. Mais je ne veus m'abuser aus mots estrangers : & les vous nommeray en notre langue, quatre principales, & trois sugettes. Ie vous ay dit (m'adressant à Pasithee) que la disposicion d'un harmonieus & parfet Diapason, est quand le Diapenté tient le lieu bas, & le Diatessaron le haut : au contraire, le moins parfet se conduit par un Diatessaron en bas, & un Diapenté en haut : de l'exemple facile la repeticion seroit ennuieuse, & sufit que je vous die que de ces deus diuerses disposicions sont nees les Modes diuerses : pour preuue dequoy recherchons d'ou procede la Sousdorienne. Nul pourroit nier, oyant ce nom, que ce ne soit de la Dorienne. Donq, trouuant Lichanos hypaton estre la premiere corde Dorienne, j'aioute sous elle un Diatessaron jusques à Proslambanomene (car plus ne pui je, puis que le Systeme ne s'estend plus bas) & emprunte son Diapenté, à fin que de Diatessaron & Diapenté naisse un Diapason à la Mode Sousdorienne, depuis Proslambanomene jusques à Lichanos hypaton en Diatessaron : & depuis Lichanos hypaton jusques à Mese, en Diapenté, qui est le Diapenté de la Dorienne. Autant en fai je pour former la Sousphrygienne, aioutant sous la Phrygienne, qui commence à Hypate meson, un Diatessaron contre Hypate hypaton, puis que la Sousdorienne m'empesche de descendre plus bas : & emprunte de la Phrygienne son Diapenté, depuis Hypate meson jusques à Paramese, demeurant le Diapason à la Mode Sousphrygienne, depuis Hypate hypaton jusques à Paramese, en disposicion de Diatessaron en bas, & Diapenté en haut. Ce qui se treuue semblablement obserué en l'inuencion de la Souslydienne : car aioutant dessous la Lydienne, qui commence à Parhypate meson, un Diatessaron en bas (ne pouuant, sans entreprendre sur la Sousphrygienne, le baisser dauantage) contre Parhypate hypaton:

Maniere de discerner la sugette de la principale mode. Sousdoriéne.

Pour trouuer la Sousphrygienne.

Inuencion de la Souslydienne.

& lui acommodant en haut, le Diapenté de la Lydienne, depuis Parhypate meson jusques à Trite diezeugmenon, je treuue à la Souslydienne le Diapason d'un Diatessaron en bas, & d'un Diapenté en haut. Ainsi voyez vous les trois dessous estre sugettes à celles de dessus, & moins parfettes, d'autant que les principales sont acomplies en Diapason, bien ordonné de son Diapenté bas, & Diatessaron haut : qui pourroit mē mouuoir de les nommer trois moins parfettes, & quatre parfettes : joint que le parfet Diapason est en mépartement harmoniq, & le moins parfet en Aritmetiq, desquelz je vous ay desia dit la diference. Reste à noter que les sugettes ou moins parfettes, sont proprement les principales ou parfettes renuersees : c'estadire, que leurs consonances transposees, sont engendrees de mesme disposicion d'interuales : car le Diatessaron de la Dorienne, & celui de la Sousdorienne, sont de la premiere espece de Diatessaron, d'un ton, d'un demi ton petit, & d'un ton. Le Diapenté de l'une, est le Diapenté de l'autre : & ainsi de toutes, comme vous pouuez facilement comprendre. Aussi sont oposez les efets de leur puissance : car la passion esmue par la principale, est apaisee par la sugette : & au contraire, l'émocion de la sugette, s'esteint par sa principale. Vous deuez (dit Pasithee) excepter la Mixolydienne, à laquelle vous n'auez point oposé de Sousmixolydienne. L'on ne pourroit (respondi je) dessous la Mixolydienne aquerir un Diatessaron (selon l'opinion aparente de quelques uns, non auouez de tous : vù que coissant le nombre des Modes, cete y fut aioutee) sans emprunter le premier Tetracorde de la Dorienne : vù que Lichanos meson, premiere corde de la Myxolidienne, est raporté en Diatessaron contre bas à Lichanos hypaton, qui est la premiere corde de la Dorienne : tellement que cete quarte empruntee dessouz la Mixolydienne, n'engendreroit

Disposicion des consonances & puissances des Modes.

Pourquoy il n'y auoit poīt de Sousmixolydienne.

aucune

aucune diference à la Dorienne, que par l'eschange de la corde mépartissante en l'un ou l'autre mépartement : mais ce seroient tousiours mesmes sons & mesmes cordes. Si vóy je (repliqua elle) encores une impertinence : car ces sept Modes ne s'estendent assez entierement pour employer le parfet & immuable Systeme de quinze cordes. Quainsi soit, la Sousdorienne commence à Proslambanomene, & la Mixolydienne finit à Paranete hyperboleon, doit donq Nete hyperboleon demeurer inutile ? Ptolemee s'en aperçut (respondi je) & pour y donner ordre, aiouta sur la Mixolydienne, une mode hypermixolydienne, c'estadire Surmixolydienne, contenant le Diapason de Mese à Nete hyperboleon : du tout semblable à la Sousdorienne : comme vous sauez le Diapason de Proslambanomene à Mese, estre tout egal à celui de Mese contre Nete hyperboleon. Elle est donq (dit elle) du nombre des moins parfettes, ou sugettes, puis qu'elle est semblable à la Sousdorienne. La principale qualité (aioutáy je) requise à la composicion de la sugette lui defaut. Auez vous point noté que la sugette doit auoir son Diatessaron de mesme espece que sa Mode conjointe ? Pour exemple, voici à la Dorienne conjointe la Sousdorienne, de laquelle le Diatessaron est un ton de Proslambanomene à Hypate hypaton, un demi ton petit de Hypate hypaton à Parhypate hypaton, & un ton de Parhypate hypaton à Lichanos hypaton, où commence la Dorienne : de laquelle le Diatessaron est depuis Mese jusques à Paranete diezeugmenon, coulé par l'ordre d'un ton, un demi ton, & un ton : chose laquelle vous trouuerez obseruee aus autres Modes. [illegible] autrement, notez que de deus Modes conjointes, les deus [illegible] Tetracordes [illegible] doiuent estre semblables, comme il apert en toutes, continuant, la Lydienne en disposicion du Tetracorde Synemmenon : combien

Surmixolydienne aioutee aus sept precedentes par Ptolemee.

ὑπερ, dessus.

Ressemblãce de deus Modes cõiointes.

que de cete ci ſemble naitre une autre Mode, depuis nommee Iönienne, plus uſitee auiourdhui. Euident donq eſt le defaut de cete qualité à la Surmixolydienne, coniointe à la Phrygienne : de laquelle le Tetracorde bas eſt dun demi ton, & deus tons ſuiuans, & celui de la Surmixolydienne eſt dun demi ton, entre deus tons. Ie voy bien (dit elle) que le Tetracorde de la Phrygienne eſt de la ſeconde eſpece de Diateſſaron, & celui de la Surmixolydienne eſt de la premiere : mais ſi vous la diſpoſez ſelon le Tetracorde Synemmenon, vous les reconnoitrez ſemblables, par ainſi demeurera ſans efet votre reigle. Ce doute (reſpondí je) eſt aſſez ſutil : la ſolucion toutefois en eſt facile, s'il vous ſouuient que la diſpoſicion du parfet & immuable Syſteme, ne permet pas quïl y ait quelque diference entre le Diapaſon de Proſlambanomene à Meſe, & celui de Meſe à Nete hyperboleon : autrement, l'inconuenient ſeroit contre une infalible propoſicion de Muſique, aſſurant que deus conſonances ſont en tout ſemblables, quand elles nont quune corde commune : ce qui ſe treuue vrey en cet endroit : car le Diapaſon des baſſes na rien de commun auec celui des hautes, excepté Meſe, qui acheue, comme plus haute, le premier Diapaſon, & commence, comme plus baſſe, le ſecond du Diſdiapaſon ou parfet Syſteme, composé de ſept cordes immuables, & huit muables : aſſauoir les ſept immuables, Proſlambanomene, Hypate hypaton, Hypate meſon, Meſe, Parameſe, Nete diezeugmenon, & Nete hyperboleon : ainſi ſurnommees, pource que Diatoniquement, Chromatiquement, & Enharmoniquement, elles tiennent touſiours meſme longueur, comme je vous ay montre, Paſithee, en la diſpoſicion [illegible]erſe de ces ſortes de Muſique, ou vous auez ſemblablement connu les huit muables, Parhypate hypaton, Lichanos hypaton, Parhypate meſon, Lichanos meſon, Trite die

Reigle vieille de Muſique.

Des quinze cordes, ſept ſont immuables, & huit muables.

Les ſept immuables, & pourquoy elles ſont telles.

Les huit muables, & la raiſon de tel nõ.

te diezeugnenon, Paranete diezeugmenon, Trite hyperboleon, & Paranete hyperboleon: ainsi dites, pource qu'elles ne sont semblables en la Diatonique, Chromatique, & Enharmonique: car les quatre tierces, assauoir Lichanos & Paranetes, se changent Chromatiquement, & toutes huit, Enharmoniquement. Ores, pource que vous auez assez bon œil à discerner comme ces Modes sont eslongnees l'une de l'autre en haut ou en bas, & combien chacune d'elles retient de cordes muables & immuables, je serois superflus, & ennuyeus, d'estendre plus loin ce propos: d'ou vous recueillirez ces huit Modes de si long tems usitees, & encores auiourd'hui retenues sous la vulgaire apellacion de ton premier, second, & ainsi consequemment par ordre jusques à huit, mais non pas selon l'ordre que j'ay conduit: car (disent les modernes Musiciens) de huit Tons, quatre sont de nombre imper, assauoir, le premier, le tiers, le quint, & le settieme: & quatre de nombre per, le second, le quart, le sixieme, & le huitieme. Les impers sont principaus: & les pers sont sugets, ou colateraus: & ainsi ordonnent ils que notre Dorienne soit leur premier: notre Sousdorienne, leur second: leur tiers, notre Phrygienne: & notre Sousphrygienne leur quart: & ainsi des autres jusques à la Surmixolydienne, qu'ils forment en Sousmixolydienne, toute semblable à la Dorienne, leur premier: excepté que le premier s'escoule en son Diapason, méparti Harmoniquement, & le dernier se mépart Aritmetiquement.

Les huit Modes antiques acommodees aus huit Tons des Musiciens de ce tems.

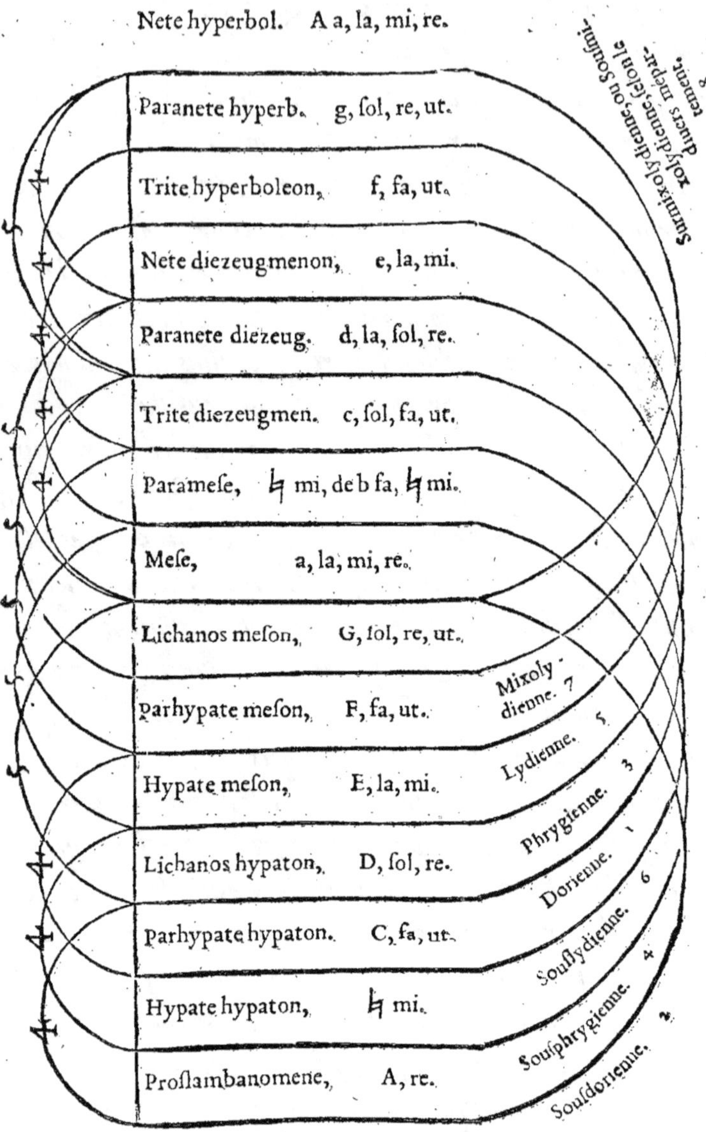

Estrãges efets de puissance de Musique.

Si les histoires (dit lors le Curieus) doiuent trouuer entre nous quelque credulité : de la diuersité de ces modes de chanter sont sortiz plus de miracles que d'aucunes autres humaines acions.

cions. Quelle force auoit la Dorienne, par laquelle Clitemnestre estoit conseruee pudique sous le chant d'un Musicien, laissé aupres d'elle, à cet efet, par Agamennon allant au siege de Troye? demeura elle pas constante contre les lasciues importunitez d'Egiste, qui n'emporta d'elle l'auantage amoureus, jusques à ce que le malicieus l'eust priuee de se parfet Musicien? Moindre eficace n'auoit la Phrygienne, par laquelle un jeune Taurominitein fut irrité, & mis en tant extreme colere, que, plus que transporté, à feu & à armes il vouloit forcer une maison voisine, en laquelle la jeune fille, qui lui poingnoit le cœur en quelque endroit, faisoit part de soy à un sien fauorit: quand par le conseil de Pythagore, un Musicien le remit en son sens, & lui esteingnit si furieuse violence moyennant la Sousphrygienne mode. Mesme espreuue de ces deus chants fit Timothee, irritant par un chant Phrygien, Alexandre estant à table, jusques à courir aus armes: & soudein par un Sousphrygien, le reduisant calme & tranquile d'esprit. Combien la Lydienne estoit puissante, témoigneroit Aristote, qui l'auoue, comme acommodable à la doctrine & à l'ornemẽt, & la permet aus jeunes gens ainsi que les autres (chacune douee d'une secrette puissance) estoient par Theophraste, Thales, Asclepiade, Xenocrate, Ierophile, & cent autres, employees à la guerison des perturbacions d'esprit, & des corporelles maladies. Somme, la Musique est maitresse souuereine, à consoler un dueil, à rapaiser une ire, refreindre une audace, temperer un desir, guerir une douleur, soulager un ennuy de misere, conforter une langueur, & adoucir une amoureuse peine. Vous pourriez faire conte (Pasithee lui prenant la parole) d'un grand nombre d'anciennes histoires sur ce suget: mais mal aisément en rencontrerez vous une de plus viue preuue qu'est celle qui dernierement nous fut racontee, à ce

Maniere d'Egiste pour iouir de Clitemnestre.

D'un jeune Taurominitein.

D'Alexandre & de Timothee.

Aristo. aproue la Lydienne.

Puissances de Musique, estédues sur les corps & sur les esprits.

P mesme

Iaques des cô-tes de Vinti-mille.

Efet de mesme puissance auenu en notre tems.

Francesco di Milan.

mesme propos, par Monsieur de Vintimille (duquel la frequente memoire votre, Solitaire, descouure assez, combien vous est chere son amitié) qui seiournant à Milan, & n'espargnant, suiuant son naturel diligent en toute vertu, la peine de connoitre ce qui meritoit d'estre vû, fut apelé (comme tel personnage ne peut demeurer obscur, en lieu qu'il soit) à un festin somptueus & manifique, fait en faueur d'une plus illustre compagnie de la cité, & en maison de mesme estofe : ou entre autres plaisirs de rares choses assemblees pour le contentement de ces personnes choisies, se rencontra Francesco di Milan, homme que lon tient auoir ateint le but (s'il se peut) de la perfeccion à bien toucher un Lut. Les tables leuees il en prent un, &, comme pour tater les acors, se met, pres d'un bout de la table, à rechercher une fantasie. Il n'ut esmu l'air de trois pinçades, qu'il ront les discours commencez entre les uns & les autres feties, & les ayãt contreint tourner visage, la part ou il estoit, continue auec si rauissante industrie, que peu à peu faisant par une sienne diuine façon de toucher, mourir les cordes sous ses dois, il transporte tous ceus qui l'escoutoient, en une si gracieuse melancolie, que l'un, apuiant sa teste en la main soutenue du coude: l'autre, estendu lachement en une incurieuse contenance de ses membres: qui, d'une bouche entrouuerte & des yeus plus qu'à demi desclos, se clouant (ust on jugé) aus cordes, & qui d'un menton tombé sur la poitrine, desguisant son visage de la plus triste taciturnité qu'on vit onques, demeuroient priuez de tout sentiment, ormis de l'ouïe, comme si l'ame ayant abandonné tous les sieges sensitifs, ce fust retiree au bord des oreilles, pour jouir plus à son aise de si rauissante symphonie : & croy (disoit Monsieur de Vintimille) qu'encor y fussions nous, si lui mesmes, ne sáy je comment se rauissant, n'ust resuscité les cordes, & de peu à peu enuigou-

rant d'une douce force son jeu, nous ust remis l'ame & les sentimens, au lieu d'ou il les auoit dérobez : non sans laisser autant d'estonnement à chacun de nous, que si nous fussions releuez d'un transport ectastiq de quelque diuine fureur. Telle puissance (aioutáy je) est trescerteine, & pourrois moymesme porter témoignage de pareil accident. Oui en bonne foy (dit Pasithee, s'adressant au Curieus) car hier-soir à ma requeste ayant sur ce Lut sonné une sienne Ode finissante par Epode remplie de quelques passions, il deuint si melancolique, que j'en pris pitié. Cela (repliqua le Curieus) ne preuue pas la puissance de Musique, n'y l'eficace de son jeu, quand il ne passionne que soymesme. Curieus (dí je) vous touchez le point d'ou je me deuls, & descouurez mon imperfeccion : toutefois Pasithee, autant esleuee hors des afeccions, comme je suis passionnaire, peut si diligemment preuoir à telles violences, que l'Aspic, mieus qu'elle, ne scet clorre l'ouie. Vous me faites (repliqua elle) de plus austere naturel que je ne suis : car j'ay confessé que vous esmutes en moy la pitié. C'est (reprís je) trop peu d'ayde qu'une pitié legere. Si n'áy je ocasion (dit elle) de m'auancer plus outre, ignorant l'endroit de votre mal, & le remede desiré. Que fust (aioutáy je) la santé aussi preste, que la maladie est connue. De quelque sorte que le mal soit (respondit elle) j'en doy estre pitoyable, mais tel remede pourroit estre requis, qu'il demeureroit à faute de mon ayde à jamais incurable. Et vreyment, Solitaire, je croy cete melancolie vous estre tant naturelle, que vous ne pourriez en guerir, sans mourir. Bien lui est elle naturelle (dit le Curieus) mais si le sén je d'assez traitable complexion, pour se laisser manier au contentement. En bonne foy (repliqua Pasithee, souriant au Curieus) si nous le voulons croire il nous rendra aussi tristes qu'il est : mais, Solitaire (tournee à moy) dites *nous quel témoignage vous auiez à mettre en auant de l'eficace Musical. Que meintefois (respondí je) votre voix, acommodee au son de votre Harpe, ou Espinette, m'a transporté: Ha ha Solitaire (dit elle, m'empeschant de poursuiure) vous voulez auoir votre reuenche : & bien, possible me prierez vous d'en toucher, que vous serez esconduit. Vous plait il (rechargea le Curieus) que pour lui donner un peu loisir de refroidir son desir de vengeance, je vous alegue une estrange puissance de Musique? Lui estant permis : Quelle émocion de courage (continua il) fait le bruit des trompettes, fifres, & tabourins? Iugez vous point que gentile & braue ha esté la concepcion de ceus qui ont inuenté une mode d'agaillardir les soudars au son d'une fanfare : de les enhardir, en sonnant un alarme : de les rendre forts & encouragez au long combat, par une autre continuacion de sons trenchans : de les faire sagement retourner sous l'Enseigne, à l'ouïe d'une retraite? Et ce, selon le naturel des nacions diuerses? l'Aleman, le Lansquenet, le Souisse, le Hongre, le Turq, chacun à sa mode, bat le tabourin, fredonne son fifre, embouche sa flute, sonne de sa trompette, bruit de sa trompe, de son cors ou autre instrument belliqueus : le François, l'Espagnol, l'Italien, l'Anglois, s'esmeuuent à diuerses façons : les Cretes auant que venir au combat, s'esmouuoient au son de la Harpe : les Lacedemoniens (qui jamais ne combatoient auant qu'auoir sacrifié aus Muses) usoient de flutes : & les Amazones de haubois à la guerre : Tellement que selon le Climat, la nacion, & la complexion, la Mode de Musique reçoit son eficace. Le laboureur, d'une chanson rustique pousse ses beufs, & rend sa peine plus aisee. Le petit enfant pleurant au berceau, s'apaise au chant de sa nourrice, ou à quelque autre son : commençant d'employer la naturelle consideracion à admirer si grande*

Efets de la Musique militaire.

Les Cretes.

Les Lacedemoniens.

Les Amazones.

Les Laboureurs.

Pourquoy au chant les petis enfans cessent les pleurs.

grande perfeccion, & (s'esmouuant à recueillir tout en un, les puissances de son ame, logee encores en un corps imparfet) deseiche, par la chaleur causee du mouuement, une partie de l'humidité superflue & coulante par les yeus, & repousse l'autre jusques au cerueau, l'induisant à dormir. Les Elefans, les Cerfs, les oiseaus, & les Serpens sont passionnables de Musique, voire les poissons, s'il est vrey ce que lon escrit d'un lac d'Alexandrie. Mais entre les estranges efets, ne doit point estre rangé le remede contre les maladies dangereuses des Lesbiens & Ioniens, donné par le chant de Terpandre, Arion Methimnee, & Hismenias Thebain, à plusieurs Beociens trauaillez d'une douloreuse Sciatique? I'ay souuenance d'auoir vü en meints lieus d'Italie, des Phalanges (petite espece d'araignes) nommees entre eus Tarantola, si dangereuses, que mal pour celui qui en est piqué, principalement en la Pouille, ou je me suis rencontré quelquefois, à voir la diuerse misere qu'engendre la pointure de si petit animal: Les uns rient incessamment, les autres pleurent, les autres chantent, les autres dorment, les autres sont afligez d'un veiller perpetuel, d'une Phrenesie, d'une manie Lymphatique, aumoins de semblables aigues passions, toutes diuerses (croy je) pour la diference du venin de l'une à l'autre Tarantole, ou pour la diuersité de la complexion des piquez. De remede, il n'en est nouuelle que d'un souuerein, duquel la preuue vuë, mal aisément vous permetroit de contenir le rire: car, aupres du malade lon fait venir un joueur de Lut, de Lyre, ou autre harmonieus instrument, à l'ouïe duquel, soudein, le languissant perd sa grande douleur, & commence ou à se réueiller, s'il est endormi: ou s'il veille, à dancer: & de peu à peu reprenant le sens, est remis en son premier naturel. Et certes en ceci se treuue aprouué le Probleme d'Aristote, soutenant que de tout ce dont les sens sont

Les animaus passionnables de Musique.

Sciatiques gueries par la Musique.

Morsures des Taràtoles, ou Phalanges, & le remede Musical.

Aristote.

Ce qui vient à l'étendemēt par l'ouïe chãge les meurs, & si la vuë ha mesme eficace.

Force de la voix.

Que c'est que voix.

paßibles, rien n'a pouuoir sur les meurs, que ce qui, par l'ouïe, paruient à l'entendement. Ie voudrois (repliquay je) soutenir, par preuue manifeste, que la vuë fait soufrir aus meurs autant de mutacion que l'ouïe. Lors Pasithee, vous en parlez, possible, comme n'ayant jamais rencontré obget, duquel la voix fut de plus viue force que les parties visibles : si ne pouuez vous, toutefois, nier, que la voix ne soit de plus puissante energie que la vuë : vù que la voix penetre les corps plus solides, espaiz, & opaques, comme murailles, & autres semblables entredeus : & la vuë ne peut seulement outrepasser ce chaßi de papier. La raison de cela (aioutay je) est, non tant en la debilité de la vuë, qu'en ce que sa vertu ne peut estre portee à l'obget, que par une ligne droite : laquelle l'epesseur d'un corps, entre la vuë & l'obget, ne permet d'estre continuee. Quant à la voix (qui, à vrayemēt la descrire, est un air esmu de l'esprit poussé hors de la bouche, portant la concepcion de l'entendement) elle est guidee en toute ligne & droite & courbe : voire plustot en mouuement rond. Parquoy elle cherche les pores, les spiralz, & ouuertures, tant petites soient elles, des corps plus espaiz, pour, tant qu'elle peut, poursuiure ce mouuement de l'air contenu : mais si l'air soufre solucion de sa continuité (parlant ainsi bon langage) par l'epesseur d'un corps, le mouuement de l'air fini, finira semblablement la voix. Sauez vous pas que la vuë penetre bien d'en l'eau, soit de droite ligne, ou renuersee, & la voix non ? Si vous n'y prenez garde (me dit le Curieus) vous serez compagnon des contr'Aristoteliens. Rien moins (respondi je) car je l'admire, & me plait sa doctrine, mesmes ce que je vien de dire est à peu pres tout emprunté de lui. Soit ainsi, dit Pasithee : mais si auez vous fait tort à vos afeccions (si estes, comme vous dites, afeccionné) asseant en la beauté visible plus de force sur vous, qu'en celle de la

voix,

voix, compagne de l'esprit : ou en bien froide reputacion vous est l'obget, duquel les couleurs, trais, ou lineamens, vous arrestent plus, que l'intellectuelle puissance d'un entendement, faisant, par la voix, montre de son merite. I'ay dit, Pasithee (reprin je) que la vuë fait soufrir aus meurs plus de mutacion que l'ouïe : & n'ay failli : si c'est mutacion de meurs que de joyeus, deuenir triste, & de compagnable, solitaire : si c'est mutacion, que changer une liberté, ou assurance calme, en Amour naissant ordinairement par les yeus : ou en jalousie, procedant communement par la vuë, & par icelle (plustot que par l'ouïe) se formant en caractere certein & assuré. Vous vous eslongnez de notre Musique (dit Pasithee) & faites que le Curieus ne continue les gentiles remarques sur la puissance musicienne. Ie voudrois (dit il) ou du taire, ou du parler, pouuoir acheter quelque tranquilité au Solitaire : qui, pour exhaler sa melancolie en la gaye Musique, doit reprendre sa charge, & poursuiure le discours des Modes de chanter, desquelles le nombre (si j'ay bonne memoire des choses lues) excede ces huit dont il nous ha parlé : car j'ay lu, une Eolienne, Iästienne, Iönienne, Sureolienne, Suriästienne, Suriönienne, Souseolienne, Sousiästienne, & autres semblables noms, desquels les bons Auteurs font frequente mencion. Ces noms (respondi je) ont trauaillé beaucoup de doctes hommes assez vainement : jusques à ce, que Henri Glarean, amateur & connoissant de toutes disciplines, par une louable opiniatrise de vint ans, y despenduz laborieusement, ha defait (à mon auis) ce neu, s'il le peut estre : combien qu'à si facheuse entreprise, il ait eu peu d'aide des Latins : entre lesquels l'unique moderne, Franchin, (auquel je doy, apres Boëce, le plus en cete discipline) ne le contente sur ce point : en esclarcissement duquel, & pour satisfaire autant à vous, Curieus, qu'à Pasithee, laquelle

Autres Modes, outre les huit precedentes.

Henri Glarean.

Franchin Gaphurien.

laquelle je prie ne s'ennuyer de cete redite, notez qu'un Diapason peut estre diuisé en deus sortes: assauoir, Aritmetiquemēt, faisant Diatessaron en bas, & Diapenté en haut: & Harmoniquement, faisant Diapenté en bas, & Diatessaron en haut. Ores, si selon ces deus diuisions, vous voulez autant de fois que faire se peut, conioindre ces deus moindres consonances, il s'en montrera vint & quatre composicions de Diapason: car bien que Diatessaron ne soit diuersifié qu'en trois manieres, si est il repeté douze fois dens le parfet & immuable Systeme, comme je vous ay dit, Pasithee: joint que telle repeticion est necessaire, pour joindre ces trois especes à chacune des quatre manieres de Diapenté. Tellement que si dessus chacune de ces especes, ou manieres de Diapenté, vous aioutez les trois de Diatessaron, trois, multipliez par quatre, feront douze formes de Diapason, en mépartement Harmoniq, pource que Diapenté est dessous: Et si vous aioutez dessous chacune de ces quatre especes de Diapenté, les trois de Diatessaron, de mesme multiplicacion naitront douze formes de Diapason, composé Aritmetiquement, pource que Diatessaron est dessous. Pourquoy donq (demanda Pasithee) auiez vous dit qu'il n'y ha que sept especes de Diapason? Ie respondis: Encores ne suis je pour m'en desdire: car bien que par l'assemblement de ces deus consonances lon en forme vint & quatre, toutefois le genre de Musique Diatonique n'en reçoit que douze, & regette les autres: ou, pource que leur disposicion continue quatre ou cinq tons suiuans, sans estre emmellez de demi ton: ou, pource qu'ils n'ont qu'un ton entre deus demi tons: ou bien qu'ils ont deus demi tons l'un joignant à l'autre: condicions toutes impertinentes à la Diatonique. Donq il ne reste que douze formes, qui sont neanmoins reduites en sept especes de Diapason: ou, pour le dire plus clerement, les sept especes

Vint & quatre cōposiciōs de Diapason.

Douze composicions de Diapason Harmoniq.

Douze cōposicions de Diapason Aritmetiq.

Que nonobstant ces 24 composiciōs, il n'y ha que sept especes de Diapason.

especes de Diapason, peuuent receuoir douze formes. Ie ne say (repliqua Pasithee) quelle diference vous faites entre forme & espece. I'apelle espece (respondi je) celle diuersité, qui procede à cause de la diferente disposicion des demi tons : & la forme vient seulement, à cause de la diuerse situacion des consonances Diapenté & Diatessaron. Ie le vous descouure par cet exemple : La premiere espece de Diapason est de Proslambanomene à Mese, poursuiuie par cinq tons disposez au premier, troisieme, quatrieme, sixieme, & settieme, & deus demi tons petis, aus second & cinquieme interualles. La seconde est dissemblable à la premiere, pource que ces deus demi tons sont disposez aus premier & quatrieme interualles. Ceci vous est trop connu pour estre repeté plus diligemment. Mais la diference des formes de Diapason est telle: Imaginez que la premiere forme soit de Proslambanomene à Mese, composee d'un Diatessaron de Proslambanomene à Lichanos hypaton, & d'un Diapenté de Lichanos hypaton à Mese, par mépartement Aritmetiq. La seconde sera semblablement de Proslambanomene à Mese, mais en mépartement Harmoniq, montant d'un Diapenté, depuis Proslambanomene à Hypate meson, & d'un Diatessaron, de Hypate meson à Mese. Voyez vous pas que la premiere espece de Diapason reçoit deus formes? Euidemment, dit elle. Mais toutes les autres especes sont elles ainsi transformables? I'en excepte deus, lui respondi je, assauoir la seconde, qui ne peut estre formee Harmoniquement : pource que depuis Hypate hypaton jusques à Parhypate meson, (qui deuroit estre Diapenté pour composer un Diapason Harmonique) il n'y ha que Demidiapenté, de deus tons & deus demi tons : & depuis Parhypate meson jusques à Paramese (qui deuroit seulement sonner Diatessaron, de deus tons & un demi) il y ha ce que j'ay

Diference entre forme & espece de Diapason.

Deus especes de Diapason non transformables.

nommé Triton, c'estadire trois tons entiers. Parquoy cete seconde Espece ne reçoit pas deus formes, non plus que la sixieme, qui, diuisee Aritmetiquement, soufriroit (bien que transposee) mesme imperfeccion, de trois tons en bas, pour Diatessaron, & en haut de deus tons, & deus demi tons seulement, pour le Diapenté : comme il apert depuis Parhypate meson jusques à Trite hyperboleon. I'enten bien meintenant (dit elle) que de cinq especes transformables, & des deus autres, naissent douze formes de Diapason : & m'est euident que ces douze formes sont reduites en sept especes : mais à quoy tend cete diuision? Pour vous montrer (aioutáy je) que tout ainsi que des sept especes de Diapason tirent leur sourse les sept anciennes Modes de chanter : aussi des douze formes les Modes ont esté augmentees jusques à mesme nombre. I'ordonne donq les douze formes de telle sorte que la premiere espece de Diapason, disposee en mépartement Aritmetiq. (Mode Sousdorienne entre les Anciens) soit la premiere forme : & celle mesme espece disposee Harmoniquement, soit la seconde forme : & la tierce, de la seconde espece (Mode Sousphrygienne) qui n'est point transformable. Les quatrieme & cinquieme formes sont de la troisieme espece, (anciennement usitee en la Souslydienne) disposee Aritmetiquement pour la quatrieme, & Harmoniquement pour la cinquieme. & ainsi des autres transformables, acommodant chacune espece en ces deus mépartemens, & de chacun mépartement composant une forme de Diapason. Reste, puis que nous auons trouué ces formes, de leur donner les noms desquelz les Modes de chanter ont esté surnommees. Donq, la premiere Mode estoit Sousdorienne, de Proslambanomene à Mese, en mépartement Aritmetiq : & la seconde estoit Eolienne, contenant ces mesmes interualles, mais en mépartement Harmoniq.

Douze Modes de chanter, tirees de douze formes de Diapason.

Comment les douze Modes estoient nommees anciennement.

I

II

moniq. La troisieme estoit Sousphrygienne, depuis Hypate hypaton jusques à Paramese, en Aritmetiq mépartement. Quant à l'Harmoniq, ces interualles n'en reçoiuent point Diatoniquement, pour les raisons dites. Toutefois quelques uns, peu auouez, les mépartant ainsi : outre le nombre de douze y acommodoient une Mode au nom de Sureolienne. La quatrieme estoit Souslydienne, de Parhypate hypaton à Trite diezeugmenon, en mépartement Aritmetiq: & la cinquieme, estendue en ces mesmes interualles mépartis Harmoniquement, estoit nommee Iastienne, ou Ionienne, qui ne sont qu'une. La sixieme, Suriastienne, Surionienne, ou Sousmixolydienne, estoit depuis Lichanos hypaton jusques à Paranete diezeugmenon, Aritmetiquement : estant en ces mesmes interualles mépartis Harmoniquement, la settieme surnommee Dorienne. La huitieme, nommee Souseolienne ou Surdorienne, se contenoit de Hypate meson à Nete diezeugmenon, Aritmetiquement. & la neuuieme, Phrygienne, en ces mesmes interualles, par mépartement Harmoniq. La dixieme estoit Lydienne, depuis Parhypate meson jusques à Trite hyperboleon, Harmoniquement : car Aritmetiquement ne peut estre diuisé ce Diapason, qui est de la sixieme espece en la Diatonique : combien que quelques uns ayent ici aiouté une Surphrygienne ou Surlydienne Mode. L'onzieme estoit Sousiastienne, ou Sousionienne, de Lichanos meson à Paranete hyperboleon, disposez Aritmetiquement : & en ces mesmes interualles par mépartement Harmoniq, estoit la Mixolydienne, douzieme & derniere du nombre lequel je voulois vous acomplir. Ie ne reconnoy point ici (dit Pasithee) l'ordre lequel vous auez tenu en la deduccion des huit usitees Modes de chanter. Il m'a semblé plus facile (respondi je) de les vous faire comprendre, suiuant l'ordre des sept

Marginalia: III; Mode non reçue.; IIII; V; VI; VII; VIII; IX; X; Mode non reçue.; XI; XII *especes de Diapason : mais pour ne vous laisser en plus long desir de sauoir l'ordre commun:*

Autre ordre des Modes.

I *La premiere est Dorienne Harmonique.*

II *La seconde, Sousdorienne, en mépartement Aritmetiq.*

III *La troisieme, Phrygienne, Harmonique.*

IIII *La quatrieme, Sousphrygienne, Aritmetique.*

V *La cinquieme, Lydienne, Harmonique.*

VI *La sixieme, Souslydienne, Aritmetique.*

VII *La settieme, Mixolydienne, Harmonique.*

VIII *La huitieme, Suriästienne, Suriölienne, ou (d'opinion plus fauorisee) Sousmixolydienne, nee de la Dorienne mépartie Aritmetiquement.*

IX *La neuuieme, Eolienne, par mépartement Harmoniq de la Sousdorienne.*

X *La dixieme, est Souseölienne, de la Phrygienne disposee en Aritmetiq mépartement.*

XI *L'onzieme est Iästienne, ou Iönienne, de la Souslydienne Harmonique,*

XII *La douzieme est Sousiästienne, ou Sousionienne, de la Mixolydienne Aritmetiquement mépartie. Pourquoy (demanda le Curieus) ne donnez vous quelque lieu à celle, laquelle Ptolemee, en acomplissement du Systeme parfet, aiouta sous le nom de Surmixolydienne? Pource que ce ne seroit que repeter (respondi je) les deus formes de la Sousdorienne, ausquelles elle est semblable, comme j'ay dit, declairant les huit Modes premieres. En bonne foy (dit Pasithee) les Modes de chanter ont esté traitees d'une estrange diuersité. Il est vrey (aioutay je) & toutefois il y ha bien peu de contrarieté : car (pour confesser ce que j'en pense) toutes ces Modes ne peuuent estre si bien desguisees, que par necessité elles ne soient vreyement reduites au nombre des sept especes de Diapason, & des*

Pourquoy la Surmixolydienne, n'a lieu en cet ordre.

des sept antiques Modes. Encores ne me plait la superstitieuse opinion de ceus, qui les veulent contreindre sous un ordre certein, combien que les Anciens (dont je sois souuenant) n'en ayent fait aucune ordonnance. Car les premiers Doriens, Phrygiens, & Lydiens, delectez des quatrieme, cinquieme, & sixieme especes de Diapason, ont donné noms aus Modes deduites par tels interualles : mais, qui de ces trois principales merite reputacion de plus eslongnee antiquité, je ne croy estre facile d'assurer. Aussi me sufira il de vous auoir nommé ces Modes par un ordre, auquel le mépartement Harmoniq est suiui d'un Aritmetiq : à fin que la principale ait tousiours sa Sugette voisine : assauoir, la Dorienne, sa Sousdorienne : la Phrygienne, sa Sousphrygienne : la Lydienne, sa Souslydienne : la Mixolydienne, sa Sousmixolydienne : l'Eolienne, sa Souseolyenne : l'Ionienne, sa Sousionienne : pẽsant bien que vous ne receurez agreablement la confuse controuerse qui en est : mesmes entre Boëce & aucuns de ceus qui l'ont precedé & suiui : de laquelle (comme de tout le discours des Modes de chanter) si le Curieus veut se donner du plaisir, Glarean en son Dodecacorde (euure dine d'un tel esprit) lui satisfera : & je m'ofre, Pasithee, d'en escrire en faueur de vous, & si vous me le commandez, assez pour vous en contenter. Ie ne refuse (dit elle) cetui votre labeur : mais si ne véus je tant m'apuier sur cete esperance, que je ne desire de sauoir de quels tons, selon notre Musique usitee en ce tems, l'on poursuiuoit ces Modes. Puis qu'il vous plait je les repeteray en l'ordre que je les ay nommees. La Dorienne est la premiere : conduite par Harmoniq mépartement, d'un Diapenté depuis Lichanos hypaton, notre D, sol, re : jusques à Mese, ou a, la, mi, re, sonnant re, la : & d'un Diatessaron, depuis a, la, mi, re, jusques à Paranete diezeugmenon ou, d, la, sol, re, sonnant re, sol. Cete

La Dorienne. I

Mode est graue, seuere, belliqueuse, & (comme je pense vous auoir dit) propre à l'entretien de Prudence & de Chasteté, honoree & reçue par Platon, pource que les Lacedemoniens (qui se disoient Doriens, comme les Atheniens, Ioniens) Auteurs & amateurs de cete Mode, contreins sous les loix de Licurge, si sont par continuacion & obseruance des meurs de leurs predecesseurs, tousiours fait connoitre pour seueres & belliqueus : & en cete leur Mode de chanter retenoient une

Sousdoriéne. II graue & Heroïque magesté. La seconde est Sousdorienne, mépartie Aritmetiquement, s'esleuant d'un Diatessaron, de Proslambanomene (c'est, A, re,) à Lichanos hypaton, D, sol, re, sonnant, re, sol : & depuis Lichanos hypaton, d'un Diapenté, jusques à Mese, a, la, mi, re, sonnant re, la. Cete Mode retient encores de la grauité de sa principale, & lui ha lon donné usage aus paroles religieuses tendantes à la contricion

Phrygienne. III & penitence. La troisieme est Phrygienne, Harmoniquement mépartie, car elle est conduite d'un Diapenté bas, de Hypate meson ou e, la, mi, à Paramese, ou ♮ mi, de b fa ♮ mi, sonnant mi, mi : & s'acheue d'un Diatessaron, depuis Paramese jusques à Nete diezeugmenon, ou e, la, mi, sonnant mi, la : & peut estre cete ci acomodee aus paroles douces & amoureuses, combien que les Anciens l'ayent apropriee aus emo-

Sousphrygienne. IIII cions coleriques. La quatrieme, Sousphrygienne, par vn mépartement Aritmetiq, s'eslieue, d'un Diatessaron, de ♮ mi ou Hypate hypaton, à Hypate meson ou E, la, mi, sonnant mi, la : & d'un Diapenté, depuis Hypate meson jusques à Paramese ♮ mi de b fa ♮ mi, sonnant mi, mi : & est propre aus paroles lamentables & apaisantes l'ire : comme est aus

Lydienne. V tristes & lentes la cinquieme, nommee Lydienne, mépartie Harmoniquement, se formant d'un Diapenté, depuis F, fa, ut, ou Parhypate meson, jusques à Trite diezeugmenon ou c, sol, fa, ut, *fa, ut, ſonnant fa, fa : & d'un Diateſſaron, depuis Trite diezeugmenon juſques à f, fa, ut, ou Trite hyperboleon, ſonnant, ut, fa : toutefois elle eſt confondue le plus ſouuent, & transformee Iôniquement de Diezeugmenon en Synemmenon, changeant le mi, de Parameſe, au fa, de Trite ſynemmenon. La ſixieme eſt Souſlydienne, par mépartement Aritmetiq, compoſee de Diateſſaron, depuis Parhypate hypaton, ou C, fa, ut, juſques à Parhypate meſon, ou F, fa, ut, ſonnant ut, fa : & de Diapenté, depuis F, fa, ut, juſques à Trite diezeugmenon, ou c, ſol, fa, ut, ſonnant fa, fa : & n'eſt plus familierement uſitee que ſon Harmonique Lydienne. La ſettieme eſt Mixolydienne, pleintiue, Harmoniquement diuiſee, d'un Diapenté depuis Lichanos meſon, notre G, ſol, re, ut, juſques à d, la, ſol, re, ou Paranete diezeugmenon, ſonnant ut, ſol : & d'un Diateſſaron, depuis Paranete diezeugmenon juſques à Paranete hyperboleon, ou g, ſol, re, ut, ſonnant re, ſol. La huitieme eſt Souſmixolydienne, meſuree Aritmetiquement par un Diateſſaron, depuis D, ſol, re, Lychanos hypaton, juſques à Lichanos meſon, ou G, ſol, re, ut, ſonnant re, ſol : & un Diapenté depuis G, ſol, re, ut, juſques à Paranete diezeugmenon, ou d, la, ſol, re, ſonnant ut ſol : uſitee & propre pour delecter l'oreille auec paroles indiferemment remplies de toute gracieuſe & naïue douceur. La neuuieme, Eolienne, par mépartement Harmoniq, s'eſlieue d'un Diapenté depuis Proſlambanomene, ou A, re, juſques à Hypate meſon, ou E, la, mi, ſonnant re, la : & d'un Diateſſaron, de Hypate meſon juſques à Meſe, ou a, la, mi, re, ſonnant mi, la : & treſpertinemment apropriee aus vers lyriques, deſquels la parole eſt pleine de quelque douce grauité. La dixieme eſt Souſeolienne, mépartie Aritmetiquement, & compoſee d'un Diateſſaron depuis Hypate meſon E, la, mi, juſques à Meſe, a, la, mi, re,*

Souſlydiéne. VI

Mixolydiéne. VII.

Souſmixolydienne. VIII

Eolienne. IX

Souſeolienne. X

mi, re, ſonnant mi, la : & d'un Diapenté, depuis Meſe juſques à Nete diezeugmenon, ou e, la, mi, ſonnant re, la. L'onzieme eſt Iönienne, d'un Harmoniq mépartement, s'eſleuant par Diapenté depuis C, fa, ut, ou Parhypate hypaton, juſques à Lichanos meſon, G, ſol, re, ut, ſonnant ut, ſol : & par Diateſſaron, depuis Lichanos meſon juſques à Trite diezeugmenon, ou c, ſol, fa, ut, ſonnant ut, fa. Cete eſtoit eſtimee des Grecs (au témoignage de Lucian en ſon Harmonide) plaiſante & delectable, & miſe en uſage pour les danſes & vers laſcifs : auſſi la legiereté & laſciueté Iönique, lui ha preſté pertinemment ſon nom.

Iönienne. XI

Souſiönienne XII

La douzieme Souſiönienne, deduite en Aritmetiq mépartement, eſt depuis Lichanos meſon G, ſol, re, ut, en Diateſſaron, juſques à c, ſol, fa, ut, ſonnant ut, fa : & en Diapenté depuis c, ſol, fa, ut, juſques à Paranete hyperboleon, ou g, ſol, re, ut, ſonnant ut, ſol : propre anciennement aus réueils amoureus & aubades de nuit.

✶

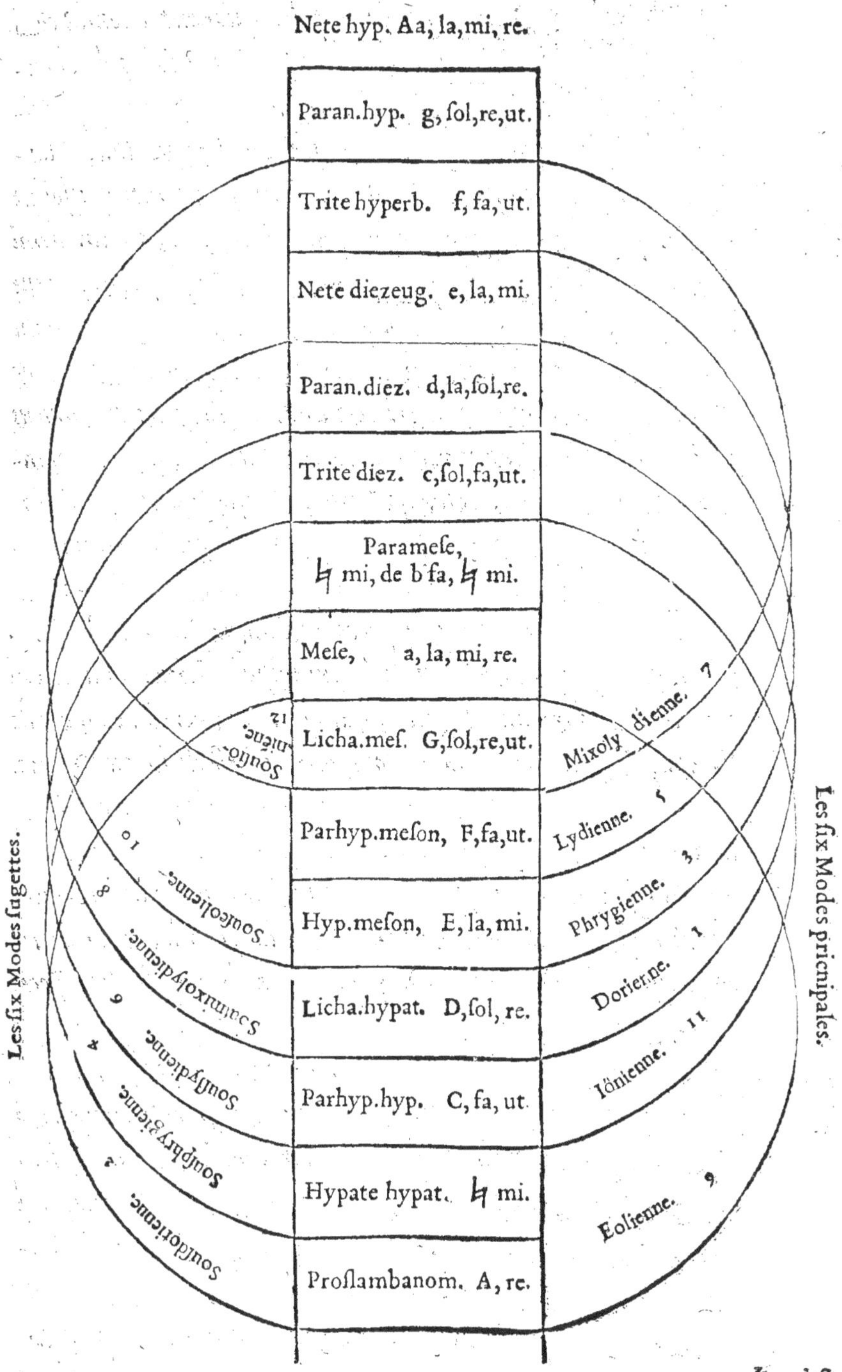

Nete hyp. Aa, la, mi, re.

Paran. hyp. g, ſol, re, ut.

Trite hyperb. f, fa, ut.

Nete diezeug. e, la, mi.

Paran. diez. d, la, ſol, re.

Trite diez. c, ſol, fa, ut.

Parameſe, ♮ mi, de b fa, ♮ mi.

Meſe, a, la, mi, re.

Licha. meſ. G, ſol, re, ut.

Parhyp. meſon, F, fa, ut.

Hyp. meſon, E, la, mi.

Licha. hypat. D, ſol, re.

Parhyp. hyp. C, fa, ut.

Hypate hypat. ♮ mi.

Proſlambanom. A, re.

Les ſix Modes ſugettes.

12 Souſio-niéne.

10 Souſeoliéne.

8 Souſmixolydiene.

6 Souſlydienne.

4 Souſphrygienne.

2 Souſdorienne.

Les ſix Modes principales.

Mixolydienne. 7

Lydienne. 5

Phrygienne. 3

Dorienne. 1

Iönienne. 11

Eolienne. 9

r Ie m'eſt

Ie m'estois tù, & pensois auoir trop longuement estendu ce discours, quand le Curieus me demanda: Ces Modes de chanter estoient elles obseruees anciennement auec tant superstitieuse religion, qu'on n'osa entremesler ou changer l'une à l'autre? Non deà (lui respondi'je) car souuent ils outrepassoient un Diapason & ioingnoient quelquefois un ton, ou un demi ton, ou un Diatessaron, ou un Diapenté, & faisoient preuue de la plus viue eficace de Musique, acommodant au chant proprement les paroles, selon qu'elles meritoient: ores en une Mode joyeuse, ores en une triste: auec un diligent & curieus respet de la bien-seance requise. Bien faut il, pour comprendre cete conionccion, noter que toute Mode sugette, ou disposee Aritmetiquement, par aioutement d'un Diatessaron en haut se unit auec sa principale, disposee Harmoniquement: & que tousiours il y ha deus especes de Diapason entre le Diapason de la sugette & celui de la principale. Soient pour exemple, la Sousdorienne sugette, qui est de la premiere espece de Diapason: & sa principale Dorienne, qui est de la quatrieme. Voyez qu'entre la premiere & la quatrieme, la seconde & la troisieme sont closes: chose qui est obseruee en toutes les autres especes, si nous prenons la huitieme pour la premiere (aussi n'est ce qu'un) la neuuieme pour la seconde, & la dixieme pour la troisieme: car la proposicion de sept seules especes de Diapason demeure inuiolable. Dauantage, pour rendre facile l'exemple de leurs conionccions: j'imagine encore la premiere espece de Diapason depuis Proslambanomene à Mese: & la quatrieme, depuis Lichanos hypaton à Paranete diezeugmenon: ces deus, par commun, ont le Diapenté re, la, depuis Lichanos hypaton ou D, sol, re, jusques à Mese, ou a, la, mi, re. Pour donq les conioindre, aioutez le Diatessaron en bas, re, sol, depuis Proslambanoneme, A, re, jusques

Vsage d'aiouter aus Modes, ou en conioindre l'une à l'autre.

Exemples des conionccions des Modes.

jusques à Lichanos hypaton D, sol, re, qui apartient à la Sousdorienne : & faites le mesme au dessus de Mese, y aioutant un autre Diatessaron, re, sol, contre Paranete diezeugmenon, qui est le Diatessaron Dorien : ainsi voila la sugette Mode Sousdorienne coniointe à sa principale Dorienne, d'ou peut estre deduite une tresgracieuse & plaisante harmonie. Autant de la seconde espece de Diapason, depuis Hypate hypaton jusques à Paramese : & de la cinquieme, depuis Hypate meson jusques à Nete diezeugmenon: qui ont un commun Diapenté, mi, mi, depuis Hypate meson, ou E, la, mi, jusques à Paramese, ou mi, de b fa, ♮ mi : aioutez au bas de ce Diapenté un Diatessaron, mi, la, depuis Hypate hypaton jusques à Hypate meson, cete Mode sera Sousphrygienne: aioutez au dessus de ce Diapenté un Diatessaron, mi, la, depuis Paramese jusques à Nete diezeugmenon, & vous verrez la Phrygienne coniointe à sa sugette Sousphrygienne. Autant des troisiemes & sixiemes especes conioinctes, qui nous representent la conionccion & emmellement de la Souslydienne & Lydienne : comme la quatrieme & la settieme conioingnent la Mixolydienne & Sousmixolydienne : la cinquieme & la huitieme, semblable à la premiere, font conionccion des Eolienne, & Souseolienne : la sixieme & la neuuieme (j'enten par la neuuieme l'octaue de la deuxieme, comme la huitieme de la premiere) sont inusitees en la Musique Diatonique, assauoir la Surphrygienne & Sureolienne. Et la settieme & dixieme (octaue de la troisieme) iointes ensemble, rendent conioinctes les Iönienne & Sousiönienne Modes. Mais je requiers en cete partie de Theorique une naturelle grace en celui qui voudra faire preuue actuelle de ces conionccions : par lesquelles il resentira, non les fabuleuses puissances dont lon arme communement l'honneur dû à la

Musique, ains un veritable rauissement d'ame, en la douceur de tant rare & exquise modulacion. Et si peu de Musiciens se rencontrent bienheureus en cet endroit, croyent, qu'ainsi que je vous disois hier, Pasithee, la Poësie prendre sa sourse d'une bien-naissance naturelle, & de l'aflacion du saint Chœur de Parnasse : aussi la Musique requiert une naturelle veine, poussee par mesme Enthusiasme, plus necessairement (possible) en l'inuencion d'une seule mutacion de voix à exprimer une parole, qu'on apelle l'air ou le suget d'une chanson, qu'en l'industrie de sauoir contre un suget raporter deus, trois, ou plusieurs voix harmonieusement, qu'on nomme Musique figuree, ou chose faite. Donq (me demanda le Curieus) estimez vous autant un Phonasce, de quel nom les Grecs apeloient celui qui d'une seule voix proprement & melodieusement acompagnoit la chanson, que l'autre, nommé Symphonete, qui d'une sutilité laborieuse acommode plusieurs voix ensemble, d'ou l'acomplissement de la harmonie procede? Le premier (respondi je) est à mon jugement beaucoup estimable : car si l'intencion de Musique semble estre, de donner tel air à la parole, que tout escoutant se sente passionné, & se laisse tirer à l'afeccion du Poëte : celui qui scet proprement acommoder une voix seule, me semble mieus ateindre à sa fin aspiree: vù que la Musique figuree le plus souuent ne raporte aus oreilles autre chose qu'un grand bruit, duquel vous ne sentez aucune viue eficace : Mais la simple & unique voix, coulee doucement, & continuee selon le deuoir de sa Mode choisie pour le merite des vers, vous rauit la part qu'elle veut. Aussi consistoit en ce seul moyen la plus rauissante energie des anciens Poëtes lyriques, qui, mariant la Musique à la Poësie (comme ils estoient nez à l'une & à l'autre) chantoient leurs vers, & rencontroient souuent l'efet de leur desir: tant

Qui plus merite en Musiq̃ ou, Φωνάσκος, cõducteur d'une voix : ou Συμφωνήτης, assembleur de plusieurs.

tant la simplicité bien obseruee aus Modes de chanter est douee d'une secrette & admirable puissance. De ceci notre aage peut témoigner : & moymesme faisant essay, j'ay auec plus de peine rencontré un seul chant propre à mes vers, qu'escrit les vers, tels qu'ils sont, ni contr'assemblé trois ou quatre parties: reconnoissant en ce dernier un vulgaire usage, familier à infiniz chantres : mais au premier, sentant estre requise une naturelle inclinacion qui nous sert de Minerue, & sans laquelle toute entreprise resort inutilement. Non toutefois, que je croye estre impossible d'acommoder proprement la Musique figuree aus paroles, ni que je desespere de ce tems : mais la dificulté de notre langage non encores mesuré en certeines longueurs ou brieuetez de sillabes, & le peu d'egard que je voy y estre pris par les Musiciens, qui tous, ou la plus part, sont sans lettres, & connoissance de Poësie : comme aussi le plus grand nombre des Poetes mesprise, &, si j'ose dire, ne connoit la Musique, me fait creindre que tard, ou rarement, nous en puissions voir de bons & naturels exemples. I'enten assez que les Musiciens eclesiastiques (desquels la maniere de proceder n'est en tout semblable à celle que je vous ay deduite) pensent auoir l'image de la plus diligente obseruacion : si toutefois ils sont deçuz ou en tout ou en partie, aus personnes doctes & curieuses de cete discipline j'en remes le jugement : pensant auoir beaucoup auancé, puis qu'en ce familier discours j'ay satisfet à votre commandement, Pasithee. Reste à vous, d'estre assuree qu'à toute espreuue votre volonté jamais en vein n'employra ma puissance. Ie vous remercie, Solitaire (dit elle) & vous prie aussi de croire cete mienne familiarité, auec laquelle je vous interrogue, naitre d'une bonne opinion que j'ay de vous. Quelques telles paroles repliquees entre nous, le Curieus s'adressant à Pasithee : Auez vous, dit il, oui, de quelle harmonie

Musiciẽs eclesiastiques.

Musiques mōdeine & humeine.

le Monde & le corps humein sont participans de Musique? Le Solitaire (respondit elle) au commencement du discours qu'il ha fait, en ha seulement touché les noms, auec je ne say quelle excuse, qui m'empesche de ne le soliciter plus instamment d'en dire quelque chose. Ureyment (aiouta il) je voy encores telle heure de ce jour, que si je ne creingnois de vous ennuyer, vous en auriez le plaisir : car tant belles consideracions meritent bien de vous estre connues. D'ennuy ! (repliqua elle) jamais je n'en prendrois en tant gentil entretien, duquel je vous prie donner les premiers traiz, & le Solitaire (say je bien) ne se voudra tenir tousiours la bouche close.

Deus façons d'anciens Filozofes.

De ceus qui anciennement ont fait profession de la Filozofie (commença le Curieus) & se sont adonnez aus contemplacions, & disciplines, les uns esleuez par je ne say quel melancolique rauissement, plus abstraiz de toute matiere corporelle, ne discouroient rien que ce, qui, non suget aus sentimens corporels, estoit seulement imaginaire obget de la fantasie. Les autres, plus amis de l'humanité, par une diligente recherche ont traité les disciplines, fondees sur la seurté des demonstracions plus naturelles & persuasiues. Comment le labeur de ces deus sortes d'estude ha esté fertile, les admirables & innombrables euures des Auteurs anciens en font foy. Et si entre eus il y ha eu de la curiosité à qui mieus, j'en laisse le jugement à ceus qui les liront. Mais j'ose dire qu'autre partie de Filozofie n'a esté traitee en plus de diuerses façons, acommodee à plus hautes contemplacions, n'y exercee en usage plus familier, que la discipline de Musique : de laquelle, en ce qu'elle est conduite par les sons de l'instrument, ou par la voix humeine, je croy, Pasithee, que le Solitaire vous en ha satisfet : combien que, de ce qu'elle s'est en plus de perfeccion rencontree à la composicion de ce grand Monde, il semble, puis qu'il s'excuse de vous

Trauail des Anciēs, sur la Musique.

en

en rien dire, qu'il tienne pour legere & friuole telle opinion. Ie croy (dit elle) que si par seures demonstracions, ou argumens raisonnables, il s'en est imprimé quelque chose, mal aisement lui pourriez vous persuader le contraire par le recit de quelques nues contemplacions : toutefois il ne vous refusera un peu d'audience, à fin qu'ayant oui ce qu'en direz, il se confesse ou veincu, ou trop dificile à conuertir. Ce pendant que le Curieus (aioutay je) nous contera la harmonie en l'assemblement des parties de ce grand Tout uniuers, j'auray ce plaisir de voir, au petit Monde de vos perfeccions, Pasithee, une autre harmonie plus certeine & veritable, comme ayant tant d'eficace, que la vuë, l'ouïe, & la plus raisonnable partie de mon ame, sont fléchies & tirees la part, ou, en sa faueur me conduit incessamment le dous rauissement de sa connoissance. Ie ne fais doute (reprint le Curieus) que pleine d'eficace ne soit la composicion de tant émerueillables beautez, & qu'en la compaccion de l'humaine raisonnable creature il n'y ait une proporcion de parfette Symmetrie : mais confessant cete ci, il semble estre assez impertinent de nier, que ces Cieus, tournans d'un ordre tant certein, eslongnez en tant justes proporcions : ces Elemens, conioins ensemble tant conuenamment : & les Saisons, rechangees par une tant constante inconstance, ne soient simmetriez en quelque juste & raisonnable proporcion. Peut il estre, que des corps si grans, & si violens en leurs cours que les Cieus, fissent un continuel mouuement sans aucun son ? Car si nous ne les oyons, les raisons tant redites par les Filozofes : & la vulgaire comparaison du bruit de la Mer, & des Catadupes du Nil, resoulent ce doute. Pourroient les Elemens en leurs contrarietez, s'entresoufrir, & compatir l'un l'autre, s'ils n'estoient conioinz par une harmonieuse Symmetrie de leurs diuerses qualitez ? Et les Saisons, comme sont elles

Mõdeine Musique en general.

Musique celeste.

Musique elementaire.

Musique temporaire.

elles entremesurees par ordre, & poursuiuies par une infalible proporcion? L'une restreint, l'autre lache: l'une eschause & cuit, l'autre meurit: & tout cela tant pertinemment selon qu'il est besoin, que ces contraires accions, & puissances acordees, sont le seul soutenement de ce Monde durable. Nul, pensé je, voudroit nier que par la proporcion des quatre Elemens entremellez ça bas, toute chose ne soit engendree: harmonie industrieusement comprise par Mercure, ou Orphee, en un instrument Tetracorde, composé (comme le nom sonne) de quatre cordes, l'une sonnant Hypate hypaton (car je ne le pren pour un lequel Boëce ha descrit) en son graue, representant la qualité de la Terre: l'autre, Parhypate hypaton, sonnant moins grauement que la premiere, pour figure de la qualité de l'Eaue. La troisieme estoit pour Paranete, d'un son aigu, en imaginacion de l'Air: & la plus haute estoit Nete, pour representer le Feu. Et vreyment la comparaison ne semble impropre: pource qu'ainsi que des Elemens deus sont pesans, & deus legers: & des deus pesans l'un plus pesant: & des deus legers l'un plus leger que l'autre: aussi en ce Tetracorde des deus hypaton, ou basses, l'une l'est plus que l'autre: & des deus aigues, l'une plus aigue que l'autre. Ioint aussi que par les passions, emmellemens, & changemens alternatifs de l'un à l'autre, en l'autre, & de l'autre Element, par entrerencontres acommodees à la raison naturelle, plusieurs choses sont engendrees, ainsi que des quatre cordes de ce Diasteme, harmonieusement proporcionnees en diuersité, naissent diuerses especes de Melodie. Il me souuient d'auoir noté quelquefois de l'acord qui est entre les Elemens, le Pythagorien Timee faire foy par les harmonieuses proporcions, doubles, triples, & quadruples, desquelles ils sont raportez l'un à l'autre: comme le Feu est deus fois plus aigu, trois fois plus sutil, & quatre fois plus

Musique Elementaire.

Tetracorde de Mercure en consideracion des Elemens.

Proporcions entre les Elemens.

Le Feu.

plus mobile que l'Air : l'Air est deus fois plus aigu, trois fois plus sutil, & quatre fois plus mobile que l'Eau : & l'Eau est deus fois plus aigue, trois fois plus sutile, & quatre fois plus mobile que la Terre. Dauantage, il est assuré entre la plus seine partie des naturels Filozofes, quainsi que le Feu se raporte à l'Air, l'Air se raporte à l'Eau, & l'Eau à la Terre : & aussi mesme diference qui est de lun à lautre, est rencontree entre tous, selon la disposicion de leur ordre, doublant, triplant, ou quadruplant selon la distance de leur eslongnement. Quelle plus gentile speculacion peut estre imaginee que celle par laquelle nous imaginons leurs figures ? La Terre est cubique, assauoir de huit coinz, & six faces plaines : figure assez pertinemment à elle atribuee, en consideracion de sa stable pesanteur, & de son dificile mouuement : comme à l'Eau, leicosedre, ayant vint faces plaines, & douze coinz, pour cause de sa flexible & mobile nature. La figure Piramidale de quatre faces & autant de coinz, est donnee au Feu, pour la facilité de sesleuer : & l'Air est figuré octoedre, cestadire, de huit bases, & six coinz, comme suiuant de pres le Feu en son eleuacion : tellement que les quatre coinz de la figure Piramidale du Feu au six de loctoedre de l'Air, sont en proporcion dautant & demi, qui engendre Diapenté : & les faces en proporcion double, qui engendre Diapason. Entre le Feu & la Terre, par la proporcion dautant & demi de quatre à six faces, est un Diapenté : & un Diapason, par double proporcion de leurs coinz. Entre la Terre & l'Eau, la proporcion dautant & demi en leurs huit & douze coinz, fait naitre Diapenté : & les faces vint à six, en proporcion triple & dun tiers de troisieme, font sonner Diatessaron plus que Diapason & Diapenté. Reste l'Eau & l'Air, desquelz les coinz, douze à six, par double proporcion, representent Diapason :

L'Eau.

Figures des Elemens & leurs contre-proporcions.

Figure de la Terre.

Figure de l'Eau.

Figure du Feu.

Figure de l'Air.

Contre-proporcions musicales de l'une à l'autre figure.

Entre le Feu & l'Air.

Entre le Feu & la Terre.

Entre la Terre & l'Eau.

Entre l'Eau & l'Air.

& des faces, de vint à huit, la proporcion double, & de la moitié du moindre nombre, peut sonner un Diapason & un Diapenté. Tellement qu'en recherchant telles mesures, l'aproche ou l'eslongnement des qualitez elementaires, se peuuent facilement trouuer : à quoy n'ayde peu la disposicion des cinq Tetracordes lesquelz vous auez figurez. Si lon ordonne celui des plus basses, Hypaton, à la Terre : & à l'Eeau, sa voisine, Meson : Synemmenon à l'Air, comme conioint à l'Eau : & au Feu, Diezeugmenon, qui ne peut sans violence se conioindre aus inferieurs. Quant au cinquieme Hyperboleon, il represente la naturelle ou surnaturelle cinquieme Essence etheree. Mais laissant les Elemens, pour sauoir si par quelque Symmetrie (puis que notre oreille n'en peut rien sentir) les Cieus, ou les Astres & Planettes, semblent auoir quelque part d'harmonie : considerons le Zodiaque, semé de douze sines tant proporcionnément qu'au seul nombre de douze, toutes les consonances & harmonies luy sont acommodables. Qu'ainsi soit, douze à trois, en quadruple proporcion, sonnent Disdiapason : Douze à quatre, en triple, sonnent Diapason-diapenté : douze à six, huit à quatre, six à trois, ou quatre à deus, font Diapason en double proporcion. Douze à huit, en proporcion d'autant & demi, comme neuf à six, ou six à quatre, resonnent Diapenté : & douze à neuf, & huit à six, & quatre à trois, en proporcion d'autant & tiers, sonnent Diatessaron. Encores seroit cete diuision peu persuasiue, si elle n'estoit obseruee aussi diligemment par le menu, & ce au nombre de 360 parties, ausquelles le cercle Zodiaque est diuisé par distribucion de 30, à chacun des douze sines. Vous sauez assez que des aspets les uns sont nommez Trigones, par ocupacion de quatre sines qui font la tierce partie du Zodiaque en nombre de 120 parties : les autres Tetragones, par interualle

Des cinq Tetracordes, le bas acommodé à la Terre. Le moyen à l'Eau. Le conioint à l'Air. Le déioint au Feu. L'excellent à la quinte essence. Musique celeste.

Proporcions Musicales au Zodiaque, ou Porte-sine.

Disdiapason. Diapason-diapenté.

Diapason.

Diapenté.

Diatessaron.

Proporcions des aspets, aus degrez du Zodiaque. Aspet Trigone.

Aspet Tetragone.

interualle de trois sines, qui sont la quarte partie du Zodiaque, en nombre de 90 parties : & les autres Exagones, par distance de deus sines, qui contiennent le sixieme du Zodiaque, en nombre de 60 parties. Desia voyez vous, que ces trois nombres 120, 90, & 60, raportez l'un à l'autre, engendrent un Diapason Harmonique composé de ses Diapenté & Diatessaron : assauoir, 60, à 90, par proporcion d'autant & demi : un Diapenté, car 90, contient 60, & 30, qui sont la moitié de 60 : le constitue Diatessaron, par la proporcion d'autant & tiers, entre 90, & 120 : car 120, contiennent 90, & 30, qui sont la tierce partie de 90. Or, si j'assemble ces deus proporcions en une, & que je raporte 120, à 60, je reconnoy trop euidemment un Diapason, par double proporcion : Tellement que les Astres disposez en ces aspets tant proporcionnément mesurez, ne me semblent pouuoir estre sans

Aspet Exagone.

Diapason parfet en contreproporció des trois aspets.

Diapenté.

Diatessaron.

Diapason.

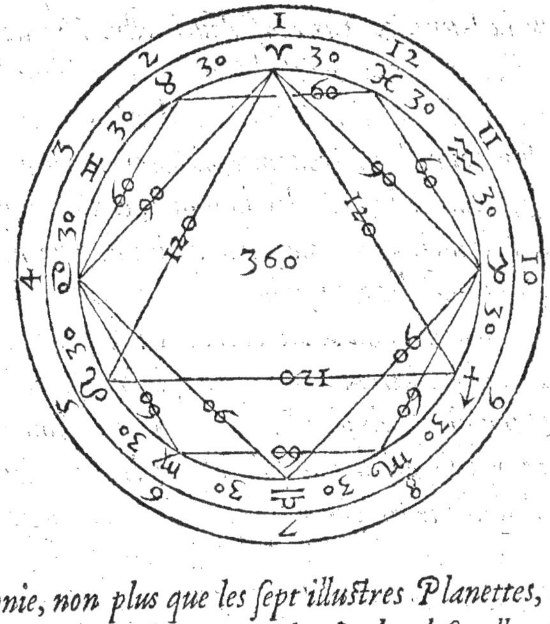

harmonie, non plus que les sept illustres Planettes, Saturne, Iupiter, Mars, & les autres selon l'ordre desquelles, Orphee

Harmonie des sept Planettes, selon laq̃lle Orphee móta une Lyre.

monta sa Lyre à sept cordes : ordonnant la plus basse Hypate pour la Lune, Parhypate pour Mercure: pour Venus, Lichanos : pour le Soleil, Mese: Paramese pour Mars: & Paranete pour Iupiter : representant la settieme, comme du plus haut son, Saturne, sous le nom de Nete. I'aurois long tems ha (di je, l'entrerompant) reconnu cete Symphonie veritable, si ceus qui se sont si sutilement esleuez, n'ussent esté (preuue de chose ignoree & incerteine) en diferent non apointable. Cete heure n'est propre (respondit il) pour resoudre les doutes qui pourroient suruenir en ceci : ni pour renoueller entre nous la vieille querelle des efets & acorz celestes, autant hardiment niez qu'opiniatrement soutenuz. Toutefois, le diuers mouuement de Spheres, assauoir, d'Orient en Occident : ou d'Occident en Orient, peut raisonnablement auoir esmu ces diuersitez plustot que contrarietez : pource que si les Erratiques se meuuent d'Occident en Orient, Saturne semble plus lent & tardif que la Lune, & par ainsi deuoir estre Hypate & non Nete: & si leur mouuement est d'Orient en Occident, la Lune au cõtraire est plus tardiue. Mais je ne doy égarer mon propos pour les disputes de l'Astronomie, ni le confondre par exemplaire argument de la voix des hommes, causee ou graile ou grosse par l'éleuacion du Pole sur la region de leur naissance: ou, des arbres, qui d'autant qu'ils sont plus hauts, rendent au mouuement du vent, un bruit plus aigu : & sufit, que m'arrestant à la plus aparente & reçue opinion, je die la Lune, comme plus basse & de plus lent mouuement, sonner Hypate, & les corps superieurs ainsi haussant le son, selon l'ordre que j'ay deduit : tellement que depuis la Terre jusques à la Lune, est l'interualle d'un ton: depuis la Lune jusques à Mercure un demi ton, comme depuis Hypate jusques à Parhypate : & depuis Mercure jusques à Venus, representee par

Raisons qui ont esmu les diuerses opinions des sons celestes.

La Lune.

Mercure.

Lichan

Lichanos, un ton : comme un autre ton depuis Venus jusques au Soleil, auec le nom de Mese : depuis lequel jusques à Mars, representé par Paramese, un demi ton : demeurant chacun pour un ton les deus derniers, Iupiter & Saturne, sous les noms de Paranete, & Nete. Ie n'enten point (dit Pasithee) cet ordre : car outre ce que depuis le premier Lichanos jusques à Mese il y ha (suiuant la doctrine du Solitaire) plus d'un ton, encores est l'interualle depuis Mese jusques à Paramese, estendu (contre ce que vous dites) en un ton tout entier. Ou soit Orphee (respondit il) ou soit Mercure, qui premier monta sa Lyre sous telle contemplacion, il nomma le premier, de telz noms, selon cete disposicion, les cordes Diatoniques : vous sauez que c'est un genre de Musique poursuiui par un demi ton, & deus tons. Donq il sonnoit de Hypate à Mese, comme nous dirions, mi, fa, sol, la : recommençant à Mese un mesme ordre, comme pour conioindre un second Tetracorde, sonnant mi, fa, sol, la, de Mese à Nete. Mais depuis qu'un Timothee y eut aiouté, ou, possible, quelque autre deuant lui : & que les cordes furent multipliees en plus grand nombre, par l'acroissement d'un Tetracorde des desiointes, cete premiere disposicion fut changee. Toutefois les noms ne nous doiuent arrester : car si vous voulez donner à la Lune Hypate, & poursuiure selon l'ordre du Tetracorde des basses, & des moyennes, Mese sera ordonnee à Saturne : ainsi serez vous hors de doute : & plus (de la doctrine Pythagorienne) si Proslambanomene est aioutee sous le nom de la Terre, depuis laquelle les Anciens croyoient s'estendre un ton jusques à la Lune. Ainsi trouuerez vous de la Terre à Saturne, Diapason : de la Terre au Soleil, Diapenté : de la Lune au Soleil, Diatessaron : de Venus à Saturne, Diapenté : & du Soleil à Saturne, Diatessaron. Mais

Venus. Soleil. Mars. Iupiter. Saturne.

Diference entre la disposicion de l'Eptacorde d'Orphee, & Pentedecacorde d'auiourdhui.

Consonances celestes.

(lui demanday je) quelz acorz ferez vous, si (comme quelques uns soutiennent, & auec Platon, les plus honorez Filozofes ont crù) les Planettes sont autrement disposees que vous ne dites, & que le Soleil soit second, & Mercure quatrieme? Quelz! respondit il: vreyment vous me remettez en memoire l'admirable proporcion obseruee (selon la doctrine Platonique) en la composicion de l'Ame de ce grand Uniuers, par l'Architete souuerein, rassemblant des parties de sa matiere, en porcions egalees par paritez & imparitez de sept nombres: assauoir, premierement une partie qui est 1, pour la seconde, deus fois autant que la premiere, qui sont 2, & trois fois autant que la premiere pour la tierce, qui est 3. Pour la quatrieme il print le double de la seconde, qui fait 4: & pour la cinquieme, trois fois autant que la troisieme, qui est 9. Pour la sixieme il print huit fois autant que la premiere, qui sont 8: acheuant par la settieme, qu'il remplit de trois fois autant que la cinquieme, qui sont 27. Ie say bien que cete secrette obscurité Pythagorienne sur le discours du point, de la largeur, longueur, & profondeur, vous ha arresté quelquefois, Solitaire, & qu'elle n'est du tout inconnue à Pasithee: & me sufit de vous raporter les sept nombres, pour, par leurs proporcions de l'un à l'autre, reconnoitre entre les Planettes une Symphonie procedante de leur mouuement, poussé par vertu de cete grande Ame de l'Uniuers, influant en tous les corps, non seulement celestes, mais encores aus inferieurs & terrestres, une Musicale vertu: de laquelle elle est composee en tant de perfeccion: ainsi que ce septenaire de nombres mariez de pair à impair nous aprend par cet ordre: 1, 2, 3, 4, 9, 8, 27. Ores de ces nombres j'atribue le premier à la Lune, pour l'interualle qui est entre la Terre & elle: & continue le second, qui est 2, pour le Soleil (second en ordre, selon

Discours Platonique, sur la composicion de l'ame uniuerselle.

Nombres atribuez aus Planettes selon leur ordre ancié: L'unité à la Lune.

selon les plus Anciens) pource qu'il y ha deus fois autant de distance depuis la Lune jusques au Soleil, qu'il y ha depuis la Terre jusques à la Lune. Le troisieme nombre 3, est à Venus, tierce Planette autrement nommee Lucifer, pource qu'elle est trois fois autant eslongnee du Soleil que la Lune est de la Terre. Mercure (qu'ils nommoient Stilbon) est au quatrieme reg, & lui apartient le nombre 4: car il y ha deus fois autant de distance depuis le Soleil jusques à Mercure, qu'il y ha depuis la Terre jusques au Soleil, Et pource qu'il y ha trois fois autant depuis la Terre jusques à Mars ou Pyroïs, qu'il y ha depuis la Terre jusques à Venus, il ha, comme cinquieme Planette, le cinquieme nombre, 9. La sixieme, Iupiter, d'autre nom dit Phaëton, huit fois autant esleuee de la Terre que le Soleil, tient le sixieme nombre, 8: comme Saturne ou Phenon, trois fois autant eslongné de la Terre que Mars, ha le dernier & le settieme nombre, 27. Voila les sept nombres acommodez (non que j'ignore quelques uns les auoir autrement mespartis, multipliant les distances par multiplicacion double, ou triple, du nombre de la haute à la basse & plus voisine Planette, ou donnant 8, à Pyroïs, & 9, à Phaëton) de telle façon, qu'aisément vous recueillirez tous deus par leurs contreproporcion, triples, doubles, & autres, que les Planettes ne demeurent sans acorz. Mais auez vous jamais pris garde en la disposicion des noms celestes atribuez aus jours de la semeine? Les Egypciens (desquelz la doctrine sacree ha tiré les plus grans Filozofes de si loin) l'assuroient auoir esté ordonnee par la constitucion de la consonance Musicale Diatessaron: & s'il vous plait en voir l'espreuue, imaginez en ce cercle (continua il, prenant le compas) les sept Planettes disposees selon leur ordre commun. Le premier jour (saint entre les Hebrieus) est Samedi, sous le nom de Saturne: tirez meintenant à son

Au Soleil second en ordre 2

A Venus, 3

A Mercure, quart en ordre, 4

A Mars, 9

A Iupiter, 8

A Saturne, 27

Qui prendra plaisir d'é voir dauãtage, lise Chalcidi⁹ sur le Timee de Platon, & Ficin.

Les jours de la semeine nõmez par un ordre des Planettes disposees en Diatessaron.

à ſon quatrieme en ordre, c'eſt le Soleil, duquel le Dimenche eſt nommé. La quatrieme du Soleil c'eſt la Lune, ordonnee au Lundi. Le ſuiuant eſt Mardi, lequel vous voyez auſſi eſtre apelé de Mars, quatrieme en rang depuis la Lune: comme Mercure, preſidant le Mercredi, eſt quatrieme de Mars. Continuez deduis Mercure pour le jour ſuiuant, Ieudi, voyez Iupiter au quart lieu, raporté de meſme ſorte à Venus, de laquelle Vendredi eſt nommé: demeurant Saturne en ſon quatrieme lieu, & formant un Diateſſaron l'une à l'autre conſecutiuement par quatre caracteres & trois interualles.

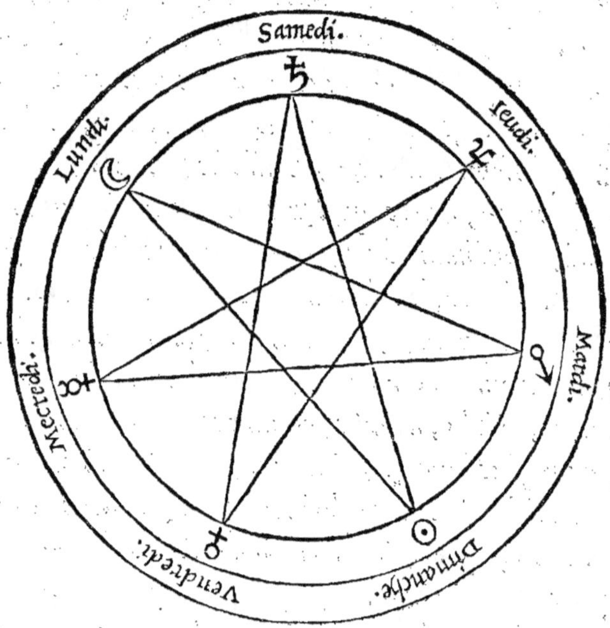

Parfet Diapaſon de deus en deus jours.

Autrement, ſi vous le diſpoſez en droite ligne, vous rencontrerez, de deus à deus jours, un parfet Diapaſon, par Diapenté & Diateſſaron: car la Lune eſt cinquieme à Mars, & Mars quatrieme à Mercure, qui ſont Diapenté & Diateſſaron

teſſaron : Mercure eſt cinquieme à Iupiter, & Iupiter quatrieme à Venus : auſsi Venus cinquieme à Saturne, & Saturne quatrieme au Soleil, & le Soleil quatrieme à la Lune : voila trois fois Diapaſon, & un Diateſſaron depuis le Soleil à la Lune : tellement qu'il eſt euident par conſtitucion de harmonie, les noms auoir ainſi eſté donnez aus jours.

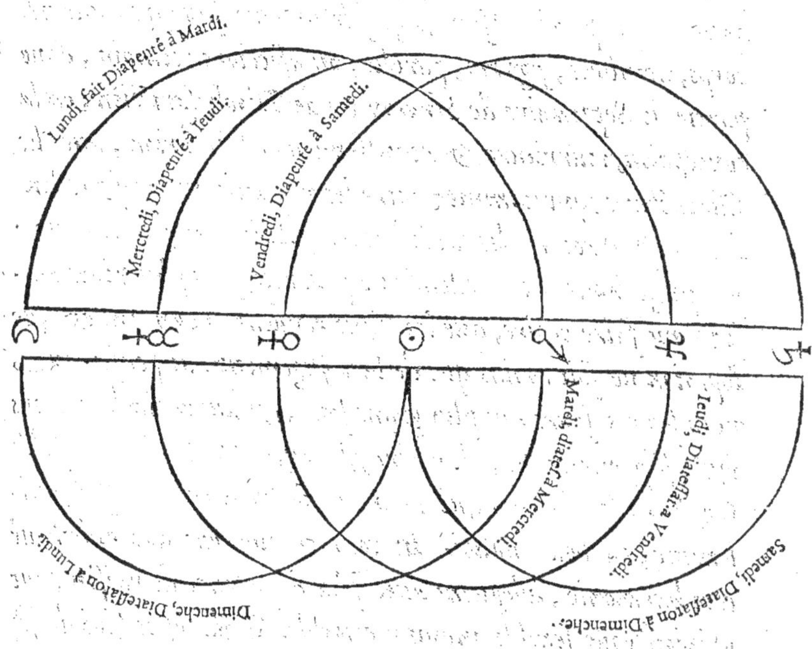

I'enten bien (lui di je) qu'encores que telles contemplacions n'uſſent eſté inuétees des Egypciens & de Pythagore, ni aprouuees par Platon & les ſiens, vous pourriez nous en forger d'auſsi bonnes : mais ce ne ſeroit pour me perſuader que les Cieus reſonnent aucunement : opinion que je dirois volontiers Pythagore n'auoir jamais reçue, ſinon pour le regard du cours Symmetrié par nombres proporcionnez, en l'émocion de Démons ou intelligences motrices. Bien confeſſeráy je (à fin que Hors propos.

t vous

vous ne trauailliez dauantage à nous reciter telles oisiues sutilitez des Anciens) qu'il ne se peut faire, que l'ouurage admirable de l'incomprehensible Uniuers soit composé sans proporcion, & mesure balancee en toute parfeccion: ce qui est encores reconnu en la creacion des corps inferieurs, mesmes de l'homme: selon l'iconomie & descripcion duquel, il apert qu'en la bien ordonnee composicion de toute chose, la conuenance de proporcion est requise, soit en voix, saueurs, couleurs, corps, nombres, figures, paroles, ou afeccions: témoin, d'une partie, le Septenaire de Straton & de Diocle Caristien, en la concepcion, nourriture, & acroissement de l'Embrion, auec les Climactéres tant nommez entre les naturels, que mesmes l'ordre en est aprouué des Medecins. Mais, pour vous ouurir ma pensee, toute l'Academie ne pourroit, sans plus viues raisons, me faire croire, que les Cieus rendent aucun son, & que l'opinion ne soit moins que de bon jugement, de penser que nous soyons sours aus plus grans sons, & aus moindres ayons l'ouïe si pronte. aussi je le croiray, le croyant Aristote. Possible (repliqua le Curieus) que pour ne m'estre declairé assez facilement, ou pour n'auoir dit tout ce que ceus qui ont traité cete harmonie, alleguent auec plus d'aparence de raison, cete opinion vous semble moins receuable. Vous estes (lui di je) assez heureusement disert, pour sauoir descouurir vos concepcions: mais j'ay l'aprehension tant dure que si sutils discours n'y peuuent aucunement entrer: & imaginerois, à meilleure & plus seure ocasion, les proporcions de Musique assemblees en Pasithee toutes d'une egalité acomplie. Ie vous prie (dit elle) Solitaire, si vous voulez rechercher quelques mesures d'acomplissement, formez une Idee en votre esprit: car ici peu parfet y trouuerez vous l'exemplaire. Ayant (lui respondi je) de si long tems simplement loué en vous la beauté, mais extreme-

ment

ment aymé la vertu: il me deuroit estre, hors de tout soupson, permis den dire dauantage: si votre modestie, laquelle je crein dennuyer, men donnoit liberté. Ce sera (dit elle) assez, si le Curieus, discourant la Symmetrie du corps, vous releue de la peine de laquelle vous estes excusé. Oui vreyment (dit il, souriant) pour en raporter le fruit de son incredulité. Dites Curieus (respondí je) dites hardiment: car je croy bien que des humeines bouches sortent les harmonies: mais si vous me vouliez (hors de lequiuoque du mot harmonie) faire entendre, que les proporcions des membres resonnassent, je serois contreint de vous en refuser la creance. Quauez vous (aiouta Pasithee) à contreuerser lun à lautre? Vous, Solitaire, auez commencé un recueil de lancienne opinion de Musique, & lauez bien fondé. Et vous, Curieus, recitant quelques anciennes speculacions, pour suplayment de plus viues demonstracions vous estes apuié sur lautorité des hommes plus auouez: considerez la raison sans autorité, elle est beaucoup hardie, & non sans danger destre cauillee: lautorité sans la raison, superstitieusement creintiue, & facile à deceuoir: mais, ou les deus se peuuent acoupler, lors la reuerence due à lautorité, & la viue force de la raison, forment une vreye resolucion de la chose disputee en nos espriz. Quant à moy (si mon respet vous sert de quelque chose) je vous prie, Solitaire, de croire, que je retien la descripcion faite par vous de la Musique, pour vreye connoissance de la discipline: & vous, Curieus, que le discours de la Mondeine harmonie me plait, & semble indine destre ignoré, puis que tant de grans Filozofes en ont honoré leurs escris. Reste, que si en notre espece humeine (qui sommes le petit Monde) il y ha quelque juste & obserué compartiment, & si vreye est lopinion de Protagore, disant, que lentiere vie de lhomme ne peut estre sans une nombreuse

Façons ordinaires de ceus qui discourēt ou disputent.

L'homme est un petit Monde.

consonance : vous m'en donniez connoissance : à fin que ioint à ce qu'auiourdhui j'ay oui, je puisse m'assurer d'auoir retiré de vous, aumoins les premiers lineamens de la Musique uniuerselle. Apres quelques paroles aioutees à celles de Pasithee de la part du Curieus & de moy, il dit : Admirable est la Symmetrie auec laquelle les membres de l'homme sont raportez l'un à l'autre : &, bien que diuerses soient les Statures : semblables toutefois en la plus part se treuuent les proporcions (sinon aus monstreuses) plus communes : les proporcions, di je, quadruples, triples, doubles, d'autant & demi, & autres, desquelles vous sauez les consonances Musicales estre tirees. Le nez disposé en trois longueurs, remplit au long l'entier espace d'un visage : deus voutes des deus sourcils, ou deus demi cercles des oreilles, ou deus rondeurs des yeus ensemble, forment la grandeur de la bouche ouuerte, comme en bâillant. Une longueur de la leure, ou de l'oreille, se treuue egale à la longueur du nez. L'estendue des deus bras, ou l'extreme ouuerture des jambes, se raparte à la longueur de l'homme : comme fait la longueur de la teste multipliee huit, neuf, ou dix fois selon les diuerses statures : chose qu'Albert Durer ha trescurieusement raporté en ce qu'il ha escrit de la Symmetrie du corps humein : & qui requiert la mesure expresse : mais trop longue empesche à ce peu de loisir que nous auons, & d'autre plus propre suget (à vrey dire) que cetui, auquel pour vous en contenter, Pasithee, j'aioute, que la main, depuis la iointe du bras jusques au bout du grand doigt, fait une dixieme partie de l'entiere personne, & se raporte egalement à la face, depuis le creus du menton jusques au haut du front, ou commencent à naitre les cheueus : & depuis ce mesme endroit jusques au bas de la gorge, est une sixieme partie. si vous mesurez depuis le bout du menton jusques à la naissance des cheueus

Musique humeine.

Proporcions de l'homme.

Albert Durer.

cheueus, au haut du front, qui est une face entiere, vous trouuerez la dimension de tout le corps, en la multipliant neuf fois, & un tiers, selon une fort raisonnable mesure : car depuis le haut de la poitrine jusques au centre, ou pres de là ou le Diaphragme confine à l'estomac, est vne face : & depuis cet endroit jusques au nombril, une autre : d'ou s'estend une mesme longueur jusques à celle partie qui finit le tronc du corps, & d'ou commencent à se separer les cuisses : qui, jusques au neud mouuant le genou, sont estendues en longueur de deus faces : & la jambe en autre deus, depuis le bas du genou, jusques à la cheuille du pié, depuis laquelle, jusques au bas de la plante, est un tiers de face : & mesme espace contient le neud, ou mouuement du genou, comme encores fait la distance depuis le plus haut de la poitrine, ou le col s'arondit, jusques au menton : ainsi, ces trois tiers joinz, vallent une longueur de face, montant le tout neuf mesures, outrepassées d'un tiers de face, depuis la racine des cheueus sur le front, jusques au sommet de la teste. Que cete mesure soit infaliblement vreye, il ne se peut assurer, tant Nature se delecte à declairer en ce sien plus cher ouurage, l'industrieuse diuersité de sa maitrise. Aussi se trauaillent sur ce point les Symmetriens d'une peine estrange recherchans aus grosseurs, des mesures proporcionnees : comme la grosseur de la jambe, raportee à celle du bras en proporcion d'autant & demi : la cuisse triple au bras, & ainsi du pouce, des doigs & autres membres, sur lesquelz lon considereroit aisément mesme harmonie, qu'aus nombres entreraportez pour Diatessaron, Diapenté, & autres acorz, mais le Solitaire n'en est d'auis. Ie suis coutumier (di je) d'emerueiller les choses qui portent ou corps ou ombre de verité : aussi me plait la diligence des Anciens, qui n'ont rien espargné, n'ont pris horreur en la cruauté de l'Anatomie, pour s'assu-

Comme tout le corps se raporte à la face.

rer des mesures exterieures & interieures du corps humein. Que toutefois en lineamens bien conduis, ni en teint bien coloré, il faille assoir la principale harmonie, nommee par les Anciens humeine Musique, je n'en suis d'auis. Mais si les accions guidees à bonne fin, & les passions, temperees par les vertus, sont dites la vreye Musique de l'homme, je seray auec vous, & croiray que chacun en soy la peut sentir, si auec quelque consideracion il se contemple soymesme. Car, comme peut se mesler auec le corps celle incorporelle viuacité de raison, si ce n'est moyennant quelque secrette temperance, à bon droit surnommee consonance & harmonie? merci de laquelle les parties & ofices de l'Ame, bien que diuers, toutefois sortent d'un, & retournent en un, se diuisent, & reioingnent ensemble. En cet endroit (aiouta il) ha esté plus sutilement employé le trauail des Filozofes, qui, outre le mouuement harmoniq des quatre humeurs complexionnaires (desquelles les acorz & temperies s'apellent santé: & les discors & exces s'apellent maladie, témoin les diuerses alteracions du musical mouuement du pous aus febricitans & sains: & de l'ordre des jours Critiques, royaus, comme dit Galen, ou Tiranniques) ont consideré trois mouuemens de l'Ame: le premier, du Desir, si ce mot sufit à exprimer ce que l'on dit Concupiscence: le second, de l'Ire: & le troisieme de la Raison: par lesquelz il s'engendre en nous une harmonie, & une Dissonance intellectuelle. Car ainsi que les humeurs du corps, par exces ou intemperie, & par egalité ou temperie, le rendent sain ou malade: aussi, selon que ces trois puissances sont esmues, l'Ame est en dissonante ou consonante disposicion. Le Desir doit estre conduit en trois especes: l'Ire, en quatre: & la Raison en sept, qui se nomment vertus: desquelles, la premiere du Desir est Temperance, qui s'employe aus mespris des

Vreye Musique humeine.

Harmonie entre les humeurs complexionnaires.

Harmonie du mouuemét de l'Ame. Le Desir. L'Ire. La Raison.

Comparaison des humeurs corporelles, aus puissances de l'Ame.

Trois vertus acommodees au Desir. Temperance.

des voluptez : la seconde, Continence, soufrant sans ennui le defaut : la troisieme, Honte ou Vergongne, qui nous remontre d'eslongner de nous l'impudente jouissance des voluptez. Quant à la partie qui excerce le mouuement d'Ire, elle reçoit la Clemence pour une premiere vertu : pour la seconde, la Hardiesse ou l'Assurance : & pour les deus autres, la Force, & la Fermeté ou Constance, qui ne se lasse au labeur. Reste la puissance raisonnable, dispensee en sept, assauoir, Entendement, Perspicacité, Curiosité, Consultacion ou Consideracion, Sapience, Prudence, & Experience. Ainsi ont ils diuisé ces puissances de l'Ame : comparant le Desir & ses trois vertus à Diatessaron : l'Ire & ses quatre vertus à Diapenté : & la Raison à Diapason selon son septenaire. Ioint que pour l'acomplissement d'une parfette consonance de l'Ame, la Iustice est necessaire, pource que c'est elle qui raporte & acorde les afeccions, passions, & puissances, corporelles & intellectuelles, l'une à l'autre : & fait aus dissonances de l'Ame, ce que la purgacion ou correccion des humeurs superflues ou corrompues, pour la restitucion de la santé, qui peut estre nommee Harmonie corporelle. Dauantage ces quatre vertus tant renommees, Temperance, tiree du ternaire de Diatessaron : Force, du quaternaire de Diapenté : Prudence, du septenaire de Diapason : & Iustice, de l'acomplie consonance : sont honorees des secrettes vertus du saint & parfet quaternaire, par plusieurs belles contemplacions, estendues sous la Filozofie Pythagorique : en consideracion des quatre parties du nombre quaternaire, qui, raportees l'une à l'autre, engendrent toutes les consonances : car, 1, contre 2, rend Diapason, en double proporcion : & 1, à 4, en quadruple, Disdiapason : 1, à 3, triple, Diapason-diapenté : 3, à 2, d'autant & demi, Diapenté : & 4, à 3, d'autant & tiers, Diatessaron : & qui recueillies

Continence.
Vergongne.
Quatre vertus acommodees à l'Ire.
Clemence.
Assurance, ou Hardiesse.
Force.
Fermeté, ou Constance.
Sept vertus acommodees à la Raison.
Diatessarõ du Desir.
Diapenté de l'Ire.
Diapason de la Raison.
Perfeccion du quaternaire.

cueillies ensemble engendrent dix : nombre commencement & fin des simples & composees multiplicacions : & separees en deus, assauoir un & deus d'un coté, & trois & quatre de l'autre : un & deus representent la naissance de toute parité & imparité, d'ou, comme de masle & de femelle, naissent les autres nombres & consonances : Et de trois & quatre est entendu sept : nombre parfet, & (comme disoient les Anciens) dine du nom de Minerue, sans mere, & vierge perpetuelle : tant pource qu'il n'est engendré de pair à pair, ni d'impair à impair, que pource qu'il n'engendre par multiplicacion de soy, aucun nombre qui ne soit superflu, outre le dix. Et pource qu'à la creacion de l'Ame uniuerselle il merita seruir de chef en la proporcion de tant parfet ouurage, & si nous croyons Hypocrate, de ce nombre ordonnant les parties plus necessaires à l'usage vital, pourray je aiouter sans me faire trop curieus, le consentement des vertus espandues de l'Ame au corps par harmonieuse proporcion ? comme de la Temperance, autant requise à l'embellissement du teint, par les couleurs : & aus lineamens des trais, qu'aus chois ou mespris des voluptez à creindre ou receuables en l'Ame ? La Force s'estend elle point en la corporelle vigueur, comme l'Ame constante & magnanime la semble requerir ? De la justice il est euident que ce n'est autre chose, en parangon de ce qui touche au corporel, qu'une juste proporcion d'humeurs, empeschant que l'une ne surmonte l'autre. Tellement que celle vertu, qui par equité prend en l'Ame nom de Iustice, au corps sinifie santé. Ainsi celle qui est nommee Force, pource qu'elle eface en l'Ame toute horreur de peril, au corps se peut apeler vigueur (puis que ce mot, Force, seroit commun à deus) & nerueuse disposicion. Et la Temperance, en ce qu'elle concerne l'Ame, est comparable à beauté corporelle. Ie veus dire que ce qui

1	3
2	4
3	7

Perfeccion du septenaire.

Temperance, comparable à beauté.

Force, comparable à la vigueur corporelle.

Iustice comparable à la santé.

s'apel

s'apelle Temperance en l'Ame, peut estre comparé à la beauté corporelle : comme Force à la vigueur, & Iustice à la santé. Quant à la Prudence, elle n'est parangonable à aucune corporelle vertu, pource qu'elle est toute intellectuelle, si ce n'est à l'oficieuse prontitude & sagacité des cinq sens. Dauantage, si vous voulez subtiliser en vous mesmes (& non possible impertinemment) sur la Contemplacion, l'Accion, & le genre meslé des deus, qui est dit Actif-contemplatif, vous pourrez reconnoitre les proporcions des trois Musiques, Diatonique, Chromatique & Enharmonique : assauoir l'Enharmonique, à la Contemplacion : la Diatonique, à l'Accion : & la Chromatique à la meslee des deus. Brief, vous ne jugerez auoir esté hors de propos celui qui dit l'Ame estre harmonie, ni celui qui l'apelle substâcielle concorde, ou substâce acordee, puis que de tant de diuersitez, par certeines proporcions racordees ensemble, nous connoissons qu'elle tient son essence. Toutefois (di je) si harmonie procede d'une raison de proporcion constituee en chose entremeslee, & (si je puis ainsi parler) composee de pieces raportees, comme j'ay apris que diuerses consonances font la harmonie : l'Ame indissoluble, & non composee, sauf tout respet Platonique, ne me semblera estre harmonie, non plus que nombre, ni mouuement se mouuant, ni (pour ne plus nous perdre en ces disputes) autres telles nuees : qui ont plus montré de curiosité que de preuue ni aparence de verité, principalement en cetui notre suget de Musique, Pasithee, à laquelle hier j'atribuay, comme essencielle de Poëtique fureur, la puissance premiere de l'euacion intellectuelle, hors des perturbations & passions humeines, qui, tout ainsi que la Poësie jointe à la Musique, les peut esmouuoir si viuement : aussi, comme nous auons dit auiourdhui, peuuent par ces deus estre rapaisees, & l'entendement humein remis au chemin pour remonter à la trâquillité de son origine : & les parties de l'Ame escartees & vagabondes

A quoy est Prudence côparable.

Trois vies, côparables aus trois gêres de Musique.

Opinion que l'ame soit harmonie.

Opinion que l'ame n'est harmonie, ni nôbre, ni mouuement.

bondes çà & là desordonnément, reduites ensemble. Chose que Pythagore conoissoit trop bien, quand soudein apres qu'il auoit usé de son corps plus corporellement, comme au dormir, & au boire & manger, il touchoit une Lyre. Ie rapelle (disoit il) les Muses eslongnees de moy par ce corporel excercice: & les inuoque, à fin que par leur ayde soient rassemblees en un mes parties plus celestes, égarees quelquefois loin de leur immortelle sourse, pour le soutenement de cete humanité: Et ce entendant non seulemẽt de la Musique harmonieuse de voix & d'instrumẽt, mais encores de celle harmonie des vertuz qui guide l'Ame à son bien souuerein d'extreme trãquillité, & cõme par un rauissement, l'eslieue hors de toutes corporelles passions, ainsi q̃ les sons d'une Musique parfettemẽt mesuree tirẽt les écoutans hors de toutes autres pensees, & empeschãt le seul sens de l'ouïe, font demeurer les autres inutiles, & sans aucun excercice de leurs peculieres & propres accions. Ie fiz une courte pause, puis recommençay: Vous auez, Pasithee, ouï en partie ce q̃ l'on peut dire de la Musique, par laquelle les premieres pennes rompues aus ailes de notre Ame precipitee, sont renouuelees à l'ayde de la Poësie: car l'une sans l'autre me semble n'auoir grand' eficace. Vreyment (dit elle) je desirerois qu'il vous plut me donner autant connoissance de Poësie, q̃ vous auez fait de Musique: car ce q̃ vous me dites hier, ne touchoit aucunement à l'art. Vous auez (respondi je) une tant gentile naturelle inclinacion à la Poësie, & en faites si seure preuue par vos doctes & gracieus vers, q̃ j'endroctrinerois Minerue, si, de chose qui vous est tant naïue, j'essayois de vous en rien montrer: aussi que les Poësies Grecque & Latine, n'ont tant de cõmerce auec nos rimes, que leurs preceptes (car je ne veus promettre presomptueusement aucune sufisance de mon esprit) pussent assez nous seruir en ceci. Et bien (dit le Curieus) tenez vous en si peu de pris notre langage François, q̃ sa Poësie soit indine de nom? Non vreyment, respond

Coutume de Pythagore.

De la Poësie Frãçoise de ce teims.

respondi je, mais ay en reuerente bienueuillance tous ceus qui par imitacion ou par inuencions propres, taschent de l'enrichir. Toutefois je reconnoy encores aus parties des vers qui requierent plus d'obseruacions (ce sont les syllabes) si peu de mesure certeine, que je n'oserois entreprendre d'en former une seule reigle: mesmes qu'à notre Musique je voy defaillir l'ocasion de plus viue energie, qui est de sauoir acommoder à une Mode de chanter, une façon de vers composee en piez & mesures propres: comme je croy les anciens Grecs, & Horace (si autre Latin y ha pris garde) auoir trescurieusement obserué. Comment! (repliqua le Curieus) les Poëtes de ce tems usent ils indiferemment de toutes sortes de vers sans respet du merite de leur suget? se peut il voir en autre langue de plus ingenieus Poëmes? Ie ne veus louer entre nous les notres (respondi je) parmi lesquelz je souhaite que l'enuie ne s'acharne au mespris l'un de l'autre: & leur desire au reste, tant heureuse continuacion, que les estrangers ayent par ci apres à nous rendre ce que, par l'ignorance de quelques derniers siecles passez, nous auons esté contreins leur prester de louenge & d'admiracion. Bien voudróy je que quelquun plus hardi, & plus que moy sufisant, entreprint, & vint à chef d'un art Poëtique aproprié aus façons Françoises: je requerrois qu'il prescrit des loix Musicales: nommees loix anciennement, pource que selon leur disposicion, laquelle il n'estoit permis d'enfreindre, la Mode de chanter, & la façon des rimes estoient gardees inuiolablement: joint que les premiers, priuez de la commodité des lettres, ausquelles ils pussent fier la conseruacion de leurs loix, les chantoient, & ainsi les montroient aus jeunes, à fin que le plaisir du chant, rechanté souuët, les imprima plus tenamment en la memoire. Ie requerrois donq (veu je dire) qu'à l'image des Anciens (si bien leurs Spondees, Trochees, Embateries, Orthies, & telles autres façons sont loin de l'usage de tous, & de la connoissance

Moyë de parfaire la Poësie Françoise, & de la joindre à la Musique.

Loix de Musique & les raisons de tel nõ

de peu) noz chans ussent quelques manieres ordonnees de longueur de vers, de suite ou entremellement de Rimes, & de Mode de chanter, selon le merite de la matiere entreprise par le Poëte, qui, obseruant en ses vers les proporcions doubles, triples, d'autant & demi, d'autant & tiers, aussi bien qu'elles sont rencontrees aus consonances, seroit dine Poëte-musicien, & témoigneroit que la harmonie & les Rimes sont presque d'une mesme essence: & que sans le mariage de ces deus, le Poëte & le Musicien demeurent moins jouissans de la grace qu'ils cherchent aquerir. Mais pource que ce propos requiert une plus longue haleine, que je n'estime la mienne, je le laisse: pour vous prier (m'adressant à Pasithee) de joindre ce que nous auons dit de la Musique, à ce qu'hier j'auois commencé sous le nom des Muses, d'ou le Musicien-poëte, ou, Poëte-musicië, reçoit l'enthusiasme, et est épriz de celle sainte Poëtique fureur: laquelle (puis qu'à ce que j'ay dit qu'elle tempere les dissonances de l'Ame, je ne veus rien aiouter) quand il vous plaira j'acompagneray des autres. Le Curieus ayant sù l'ocasion de notre discours, & comme le jour precedent j'auois touché brieuement les noms des quatre fureurs diuines, auec promesse d'en faire plus expresse descripcion, pria Pasithee lui permettre, au jour suiuant, de seruir d'un tiers. Mais (dit elle) je vous en prie, assuree que ce ne pourra estre sans ayde de votre gentil esprit. L'heure de nous retirer s'aprochoit. Parquoy le Curieus prenant congé (apres qu'entre quelques autres gracieuses façons, elle eut fait montre de sa rare & admirable industrie de toucher une Espinette) & moy l'ayant honoree d'une humble reuerence, la laissant nous retirames en ma maison.

Ocasion du troisieme Solitaire.

AMOVR IMMORTELLE.

FIN DV SECOND SOLITAIRE.

La compoſicion & l'uſage du Monocorde.

✶

POVRCE que la plus viue demonſtracion, par laquelle lon puiſſe connoitre les conſonances Muſicales, eſt en l'eſpreuue de certeines proporcions, comme j'ay dit en autre lieu : & pource que j'auray plaiſir d'en faciliter la connoiſſance, à ceus qui voudront tromper les heures plus longues, & plus ennuyeuſes à paſſer, en l'ocupacion de Muſique : il m'a ſemblé pluſque pertinent, de repreſenter ici l'image d'un inſtrument creus, & de libre longueur, largeur, & profondeur (car la diſcrecion de celui qui en voudra faire un, pourra lui ordonner corps aſſez aerien pour ne refuſer la reſonance au maniement de la corde) moyennant lequel, les conſonances diferentes ſont connues ſur diferentes proporcions : induſtrie premierement eſcrite par Boëce, & depuis acommodee par le docte Glarean : apres leſquelz ſi j'ay eclarci ou aiouté, en ſoit juge quiconque en tirera l'experience. Premierement, aus deus extremitez de la longueur, ſoient fichees deus ou quatre cheuilles : demeurant celles d'un coté fermes & non remuables, pour ſeulement ſoutenir & arreſter le neu des cordes y atachees : & celles de l'autre part ſoient flexibles, pour eſtre tournees à mode de celles d'un Lut, ou d'une Lyre, Puis aſſez pres de chacune de ces deus extremitez ſoit colé un cheualet en droit fil : à fin que des l'un juſques à l'autre puiſſe eſtre eſtendue une ligne, tiree droitement, & ocupant l'entier eſpace qui est entre cesdis deus cheualets colez. Ici est requis l'egard plus curieus : car la corde atachee aus cheuilles, & passant par dessus l'un & l'autre cheualet, est representee par cete ligne: laquelle il faut diuiser en autant de sortes qu'il est necessaire pour rencontrer les diuerses consonances. Donq, diuisez la en trois egales parties, & marquez chacun trait diuisant, de particuliere couleur, ou les conioingnez de demi cercles, à fin que quelque confusion ne naisse par la multitude des autres diuisions, qu'il faut continuer, coupant la mesme ligne, en quatre: puis en cinq : encores en sept: en outre, en dix & sept: puis en 499, ou (s'il l'espace ne le permet) en 256. Et faut tresegalement obseruer les distances : autrement, de votre diligence ne sortira l'espreuue desiree : qui vous contentera, les ayant mesurees justement par l'usage d'un tiers cheualet remuable & coulant : c'estadire qui n'est colé ou ataché en lieu expres, mais est transportable en tel endroit qu'il vous plaira. Voici la ligne tracee & diuisee : la corde (Diametrale comme la ligne) tendue & arrestee : faut meintenant rechercher Disdiapason, ainsi : Choisissez le premier ou quatrieme trait, diuisant votre ligne en cinq, & sur icelui posez le cheualet remuable, si justement, auec l'ayde d'une ligne perpendiculairement descendant de son trenchant au milieu de ses pieds, que l'une des parties de la corde soit une, & l'autre quatre : ores touchez auec deus plumes les deus parties de la corde, de çà & là le cheualet remuable, & vous orrez le contreson Disdiapason ou quinzieme par quadruple proporcion, car l'une des parties est quatre fois aussi longue que l'autre. Apres, pour la connoissance de Diapason-diapenté, qu'ils nomment douzieme, coulez le cheualet muable dessouz la corde, sur l'endroit ou est marquee la troisieme ou premiere coupe de la ligne en sa diuision par quatre parties : à fin

que

que la plus longue part de la corde ſoit trois fois auſsi grande que la petite, & que l'une contreſonne à l'autre Diapaſondiapenté, par triple proporcion. Suit d'ordre Diapaſon, Double ou Octaue: dequoy l'oreille vous jugera l'eſſence naitre en proporcion double, ſi vous diſpoſez le cheualet muable ſur la ſeconde trace, diuiſant la ligne en trois: car la plus grande partie, raportee doublement à la moindre par reſonance de Diapaſon l'une contre l'autre, en fait foy: comme auſsi Diapenté vous ſera euident, acommodant droitemēt le cheualet muable (neceſſaire miniſtre de cete recherche) ſur la deuxieme ou troiſieme marque, diuiſant la ligne en cinq: tellemēt que d'un coté la corde ſoit eſtendue en deus pars de la diuiſion, & l'autre en trois, à fin que ſous une proporcion d'autant & demi, l'une partie ſoit ouïe cōtreſonner Diapenté à l'autre. A meſme euidence s'ofre Diateſſaron, coulant le cheualet muable ſous la corde, droit deſſus la troiſieme ou quatrieme trace, diuiſant la ligne egalement en ſept. (car ſi de ſept egales parties, l'un des cotez en ocupe trois, & l'autre quatre, les deus diferēces reſonneront Diateſſaron, ou une quarte, par vertu de proporcion d'autant & tiers. Mais ſi vous voulez eſprouuer de quelle proporcion le ton entier prend ſa naiſſance, oyez le en ſonnant les deus parties de votre corde mipartie par le cheualet muable, aſsis ſur la huitieme ou neuuieme coupe, diuiſant la ligne en dix & ſept: tellement que d'un coté elle s'eſtende en neuf, & de l'autre en huit. cete proporcion d'autant & huitieme, fait la diference d'un ton. Reſte, que je voudrois cete feuille eſtre capable de receuoir en la ligne figuree, une diuiſion de 499, à fin qu'aſſeāt le cheualet muable ſur le trait 243, qui laiſſeroit de l'autre part 256, vous ouïſsiez par le ſon de l'une & l'autre partie, la vreye eſtendue du demi ton petit, uſité aujourdhui en, mi, fa, & nommé Limma par Platon, ou Dieſe par les autres. Toutefois à peine de

transſ

transformer ce corps musical de Monocorde en Dicorde, je vous dresse un autre & plus facile moyen, tirant une ligne aupres de la premiere, & de mesme longueur: qui sera diuisee en 256 egales parties. Pour ce respet aiouterez vous une seconde corde, de mesme grosseur, de mesme estendue, & (comme il sera tresfacile) de mesme ton que la premiere: & coulerez le cheualet remuable sous l'une des deus cordes, droit dessus la trace treizieme diuisante en 256 parties: tellement que la corde, qui (n'estant touchee du cheualet) estend son entier en 256: et la grande partie de l'autre, laquelle le cheualet diuise, laissant d'un coté 13, & de l'autre 243, sont en contre-son d'un demi ton petit, par diference de 256, & 243, selon la preuue du sens de l'ouïe jointe à la raison, & opinion autorisee du Timee Platonique. De ceci je vous ay figuré vn portrait tel quel, ainsi que le papier peut receuoir, assuré que ni en cetui, ni aus autres, vous ne requerrez de ma libre & volontaire diligence, le deuoir, ou la serue peine d'un artisan: ou celle exacte obseruacion qui ne vous deceura, si vous elaborez, en plus grande longueur & largeur, tel espace, que sus une mesme face de bois (plus obeissamment fidele au compas que le papier) les proporcions Chromatiques, & Enharmoniques soient logeables: j'enten des Diaschimes, Commes, & Schismes, tant dificilement raportables au jugement de l'oreille, que telles petites, mais necessaires, parties, sont pour demeurer inconnues, & (à grand tort) en reputacion de recherche oisiue & inutile: si par la merci de quelque instrument, tel qu'est le grand Monocorde que je vous feray voir apart, l'admirable sutilité des antiques Musiciens ne reuient en lumiere.

Fin de la composicion & usage du Monocorde.

G. DES AVTELZ AV SOLITAIRE ET A PASITHEE.

*

La vicieuse ignorance vulgaire,
De la vertu l'ennemie dentee,
Creue à cete heure ardemment depitee
Voyant si clair ton honneur, Solitaire:
Mais toy, à qui rien mortel ne peut plaire,
Belle, sauante, & sage Pasithee
Ry, en voyant la gloire au Ciel portee
De ta vertu, plus que le Midi claire.
O deus espriz nez de celeste race,
Qu'à bon droit est ce siecle glorieus
Qui s'enrichit des biens de votre grace!
Ne say comment ja desia furieus
Vous me rendez, de suiure votre trace
(Mais pourneant helas) trop curieus.

Trauail en repos.

G. Altarij Carolatis, ad Pontum Tyardæum Endecasyllabi.

Quo mentem rapiant furore Musæ,
Ad cœlumq; animos vocet Cupido,
Si vis tutius explicare nobis:
Artem desine seculis sepultam
Multis, atq; labore pertinaci
Ignotos lyricæ modos Camœnæ
Chordis reddere, vocibusq; nostris:
Nec quæ Pythagoras Platoq; sacris
Inuoluunt numeris, refer: quid ergo?
Nobis Ponte tuos refer furores.

Indice d'aucuns notables points, selon l'ordre Alphabetique.

Cordes

Trois

FIN.

SONNET DE FRANÇOIS TARTARET EN FAVEVR DE L'AVTEVR.

*

Qui eſt cetui qui d'une aile ſi forte
Par un ſentier non tenté des plus vieus,
Hauſſe ſon vol meintenant iuſqu'aus lieus,
Ou Vertu ſeule aus grans ouure la porte?
Qui eſt cetui, ore, qui nous aporte
Des plus hauts Cieus ces treſors precieus,
Que la rigueur du Faucheur enuieus
Ne corrompra, bien que tout elle emporte?
Heureus Maſcon, heureuſe Saone encore,
Qui iouiſſez d'un autre Pythagore,
Premier Auteur des ſons qu'il vous dedie.
Mais combien plus heureus ſeroit mon eſtre,
Si je pouuoy, non ſeruir, un tel maitre,
Ains adorer ça bas toute ma vie?

VERTV SANS FIN.

IAN DE TOVRNES,
AVS LECTEVRS.

Pource que les figures que j'ay reçues traſſees par la main de l'Auteur, eſtoient plus grandes que la page de ce papier ne pouuoit contenir : je les ay fait contrefaire, penſant pouruoir à votre commodité : mais il eſt auenu, à mon regret, que par le racourciſſement des lignes, l'obſeruance des proporcions ha eſté peruertie. Parquoy je vous prie (gracieus Lecteurs) excuſer cete mienne inaduertence : & , ſi quelque enuie vous tient de pratiquer les reigles, ne pleindre la peine d'uſer le compas & la carte, continuant les traiz des autres lignes, ſelon les proporcions de ces trois principales, leſquelles je vous ay miſes ici pour eſtre raportees au lieu de celles qui ſont preſentees en la page 35, de ce liure : & pour correccion des fautes ſuruenues aus planches de toutes les autres.

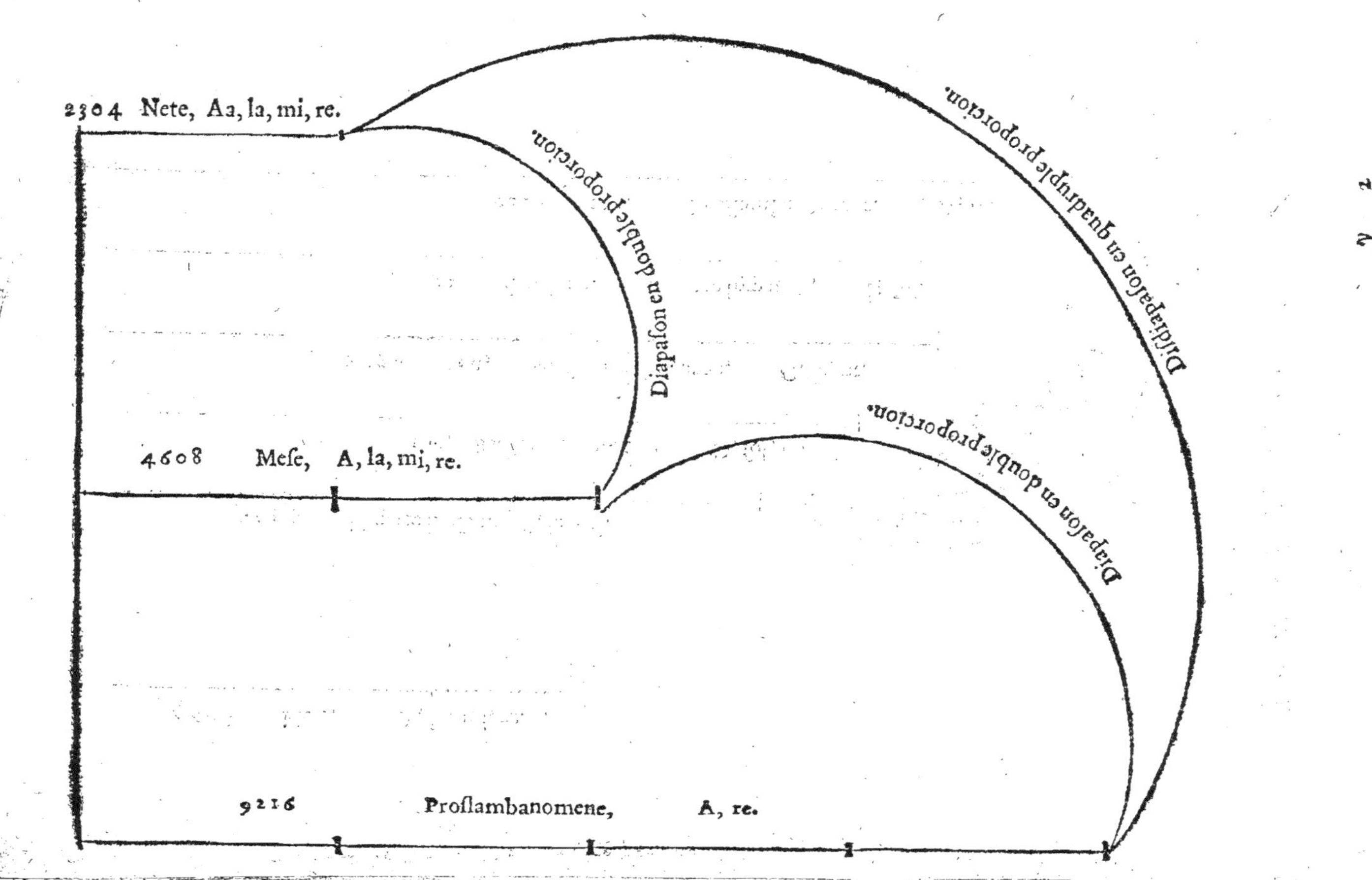
2304 Nete, Aa, la, mi, re.
4608 Mese, A, la, mi, re.
9216 Proslambanomene, A, re.
Diapason en double proporcion.
Diapason en double proporcion.
Disdiapason en quadruple proporcion.

y 2

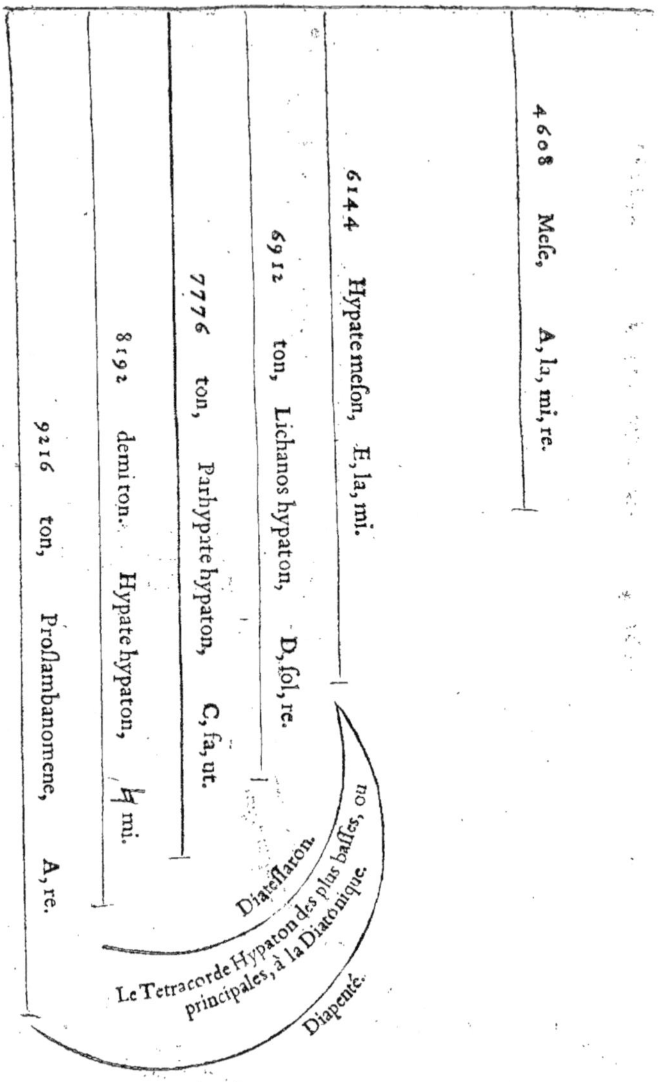

4608		Mese,	A, la, mi, re.
6144		Hypate meson,	E, la, mi.
6912	ton,	Lichanos hypaton,	D, sol, re.
7776	ton,	Parhypate hypaton,	C, fa, ut.
8192	demi ton.	Hypate hypaton,	♮ mi.
9216	ton,	Proslambanomene,	A, re.

Diatessaron.

Le Tetracorde Hypaton des plus basses, ou principales, à la Diatonique.

Diapenté.

En la page 45, est declairé ce Tetracorde.

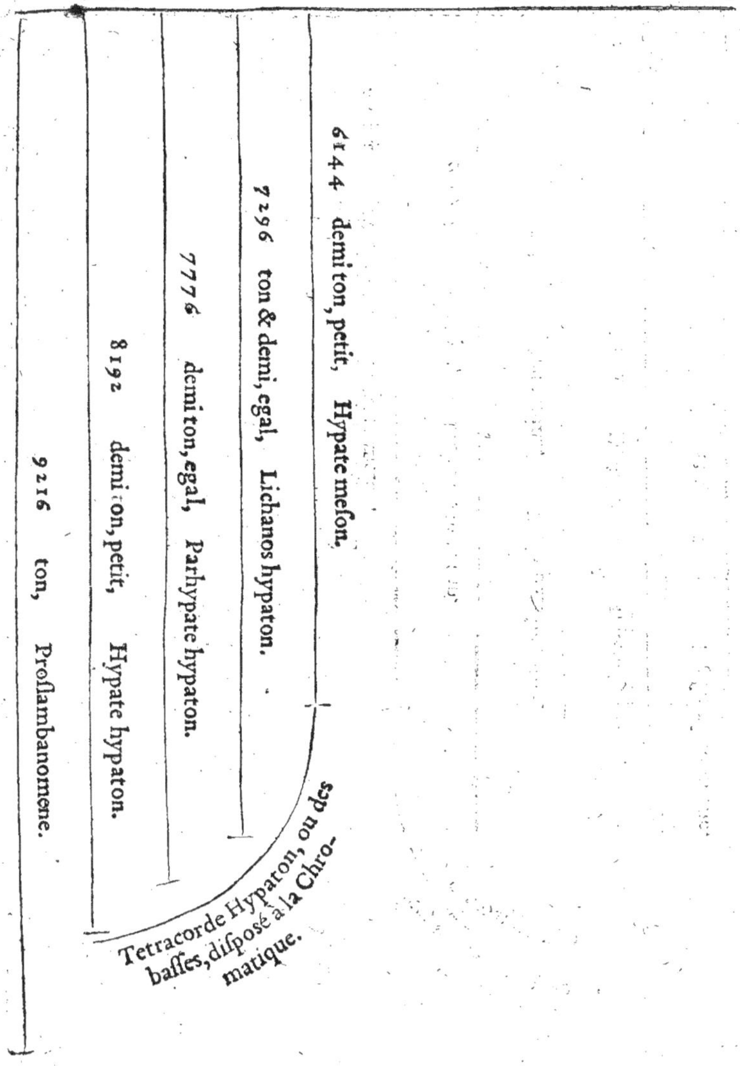

6144	demi ton, petit,	Hypate meſon.
7296	ton & demi, egal,	Lichanos hypaton.
7776	demi ton, egal,	Parhypate hypaton.
8192	demi ton, petit,	Hypate hypaton.
9216	ton,	Proſlambanomene.

Tetracorde Hypaton, ou des baſſes, diſposé à la Chromatique.

Aus pages 83, 84, 85, eſt declairé ce Tetracorde.

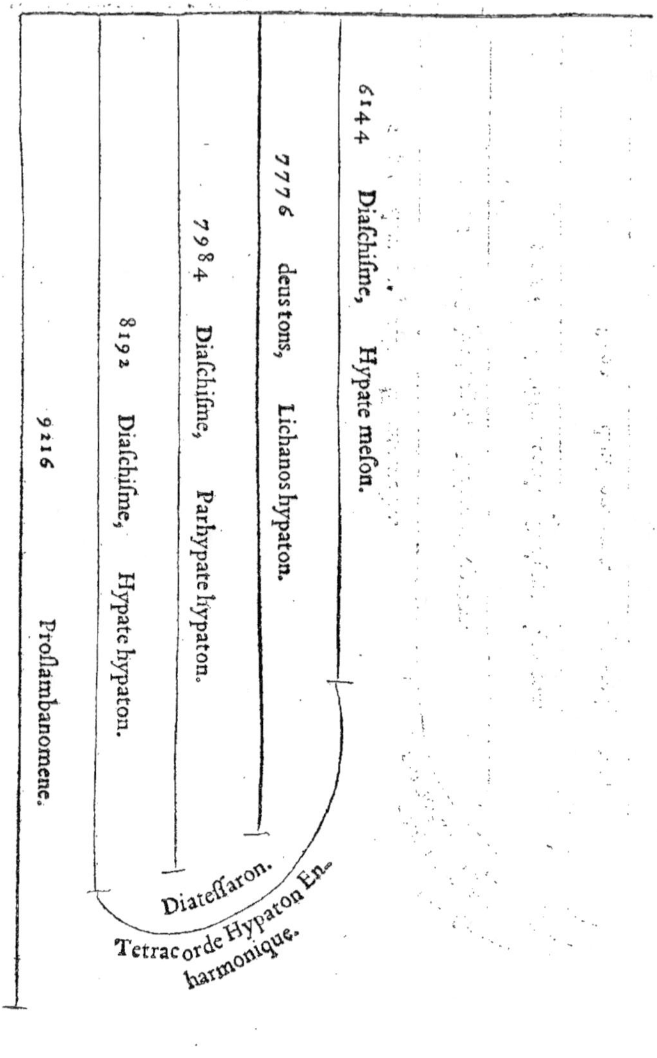

6144 Diaschisme, Hypate meson.

7776 deus tons, Lichanos hypaton.

7984 Diaschisme, Parhypate hypaton.

8192 Diaschisme, Hypate hypaton.

9216 Proslambanomene.

Diatessaron.

Tetracorde Hypaton Enharmonique.

Aus pages 89, 90, 91, est declairé ce Tetracorde.

Les fautes demeurees en imprimant soient corrigees ainsi:

En la page 13, ligne 19, pour, Deoteros, faut lire, Deuteros, ou Devteros.
Page 15, ligne 23, pour, pù, faut, peu.
Page 24, ligne 19, pour, de ci, faut, de ceci.
Page 32, lig. 16, pour, qu'elle est surmontee, faut, qu'il est surmonté.
Page 40, ligne 8, pour, plus, faut, moins.
Page 47, lig. 17, pour, plus, faut, moins : & pour, moins, faut, plus.
Page 52, ligne 19, pour, depart, faut, depars.
Page 55, ligne 17, pour, plus, faut, moins : & lig. 18, pour, moins, faut, plus.
Page 60, ligne derniere, pour, plus, faut, moins.
Page 61, lig. 1, pour, moins, faut, plus : & ligne 2, pour, plus, faut, moins : & ligne 3, pour, moins, faut, plus : & ligne 13, pour, plus, faut, moins : & pour, moins, faut, plus.
Page 62, ligne 8, pour, 243, faut, 234.
Page 63, ligne 11, pour, pù, faut, peu.
Page 66, ligne derniere, pour, je laisseray, faut, je la laiss.
Page 80, ligne 11, pour, & 2, faut, & 6 : & ligne 24, pour, assemblees, faut, assemblee.
Page 82, ligne 29, pour, que ne, faut, que je ne.
Page 90, ligne premiere, pour, meson, faut, hypaton.
Page 94, la figure est sans mesure, & en la 4, ligne, pour, 7772, faut, 7776 : puis en la 16, pour, 2992, faut, 2994, car les lignes de la figure peuuent estre corrigees au compas.
Page 108, ligne 26, pour, coissant, faut, croissant.
Page 114, ligne derniere, pour, rauissant, faut, r'auisant.
Page 118, ligne 21, pour, contenu, faut, continu.
Page 123, ligne 16, pour, contenoit, faut, continuoit.
Page 125, ligne 24, pour, cete, faut, telle.
Page 126, ligne 18, pour, e, la, mi, faut, E, la, mi.
Page 137, ligne 15, pour, l'eicosedre, faut, l'eicosædre.
Page 145, ligne penultime, pour, de, faut, des.
Page 148, ligne 18, pour, raparte, faut, raporte.

Extrait des Lettres du Priuilege du Roy.

Par grace & priuilege du Roy eſt permis à Ian de Tournes Imprimeur & Libraire de Lion, d'imprimer ou faire imprimer un Liure intitulé *Solitaire ſecond, ou Proſe de la Muſique*. Et fait defenſes de par ledit Signeur, à tous Libraires, Imprimeurs & perſonnes quelconques, de non imprimer ne faire imprimer, vendre ne diſtribuer en ſes païs, terres & Signeuries, ledit Liure ſuſnommé, ſans le vouloir & conſentement dudit de Tournes, ſur les peines contenues eſdites Lettres de Priuilege : & ce, juſques au tems & terme de dix ans, à conter du jour & date de la premiere impreſsion, comme plus à plein eſt contenu eſdites Lettres de Priuilege, ſur ce donnees à S. Germain en Laye le x v. de Iuillet. Lan de grace 1555.

Signé *Fizes*.

Et ſeelé du grand ſeau, en cire jaune.

Acheué d'imprimer le X V I. *de Nouembre,* M. D. LV.

www.ingramcontent.com/pod-product-compliance
Lightning Source LLC
Chambersburg PA
CBHW070900030726
47504CB00005B/1403

* 9 7 8 2 0 1 3 7 2 6 2 6 9 *